JN006718

「アンリくーーーん!!　久しぶりだねぇ!!
会えてうれしいよぉおおお!!」
変な男だ。筋肉質な体型をしているというのに、
紳士のように髭を綺麗に整えている。
顔だけみれば、冒険者というより
バーテンダーのほうが似合っている。
「セセナード……」
アンリがボソリと呟く。
セセナード
アンリ

エレレート
アンリの妹。病により亡くなってしまう。

名称未定
亡くなったエレレートの身体に
入った謎の存在。

「名称未定ちゃんを描いているのです」

つまり、自画像ってことだろうか。

「えっ、下手くそ過ぎない？」

つい思ったことが口をついて出た。

すると、名称未定が僕のことをキッと
睨みつけて「ガルル」と唸りながら、
ポコポコと僕のことを叩き始める。

「ご、ごめんってば」

最弱な僕は〈壁抜けバグ〉で成り上がる

～壁をすり抜けたら、初回クリア報酬を無限回収できました！～

[著]北川ニキタ

[ILLUST.]笹目めと

CONTENTS

口絵・本文イラスト：笹目めと

デザイン：寺田鷹樹（GROFAL）

第二巻　アンリと三大巨頭

一話　新しい生活

ここ、ガラボゾは異常な町らしい。

らしい、と曖昧な言葉を使ってしまうのは、僕ことアンリにはそういった自覚がなかったから。

子供の頃からこの町に住んでいる身では、この町が異常だなんて感じたことは一切なかった。まぁ、他の町を知らないせいなんだろうけど。

ガラボゾの町では多くのダンジョンが密集するように集まっている。世界的にみても、これだけの数のダンジョンが一つの町に集まっているのは珍しいんだとか。

おかげで、この町では冒険者の地位が高い。

ガラボゾの町を統治している貴族はいるが、名ばかりで実際には町にいる冒険者のほうが力を持っている。

例えば、この町で商いをやろうと思うならば、力のある冒険者の許可が必要だ。その上、毎月みかじめ料を冒険者に払わないと商いを続けていくことは不可能。

じゃあ、具体的に、この町で力を持っている冒険者は誰なのかというと――

「ガラボゾの三大巨頭の一人が失踪したことで、この町はこれから荒れるわね」

というのは、この前偶然出会ったオーロイアさんの言葉だ。

ちなみに、ガラボゾの町が異常であるって事実を僕に教えてくれたのも彼女。

そう、彼女が口にした三大巨頭、その一人がまさにギジェルモだ。

三大巨頭というのは、このガラボゾの町において権力を持っている三人の冒険者のこと。

この町で冒険者や商いをやっていこうと思えば、三大巨頭のうち誰か一人にはお伺いを立てる必要がある。

ギジェルモはそのうちの一人だったため、いくら好き勝手やってもお咎めなしで済んでしまっていたわけだ。

それが、僕の家を燃やすなんて犯罪をしたとしても。


なんか、息苦しい。

僕は違和感を覚えながら、うっすらと目を開ける。

さっきからベッドで寝ているわけだが、胸に重りでも置いてあるような苦しさを感じていた。

「って、エレレート！」

眼前にいた少女の存在に思わず僕は声をあげる。

なんで、僕に覆いかぶさるようにエレレートが⁉　ベッドは別々のはずなのに！

「おいっ」

そう僕は言うも、彼女の寝息は安らかなまま、てか、さっきから僕を掴むむ手の力が強くなっているような……苦しいから、離して！

寝ている彼女から逃れるべく苦闘した後、なんとかベッドから脱出することに成功する。

「はぁ」

と、重い溜息（ためいき）をつきながら周囲を観察した。

ギジェルモに家を燃やされたせいで、住むところがなくなってしまった。幸い、僕が床下に隠しておいたお金が入った袋をギジェルモが盗んでいたらしく、〈不格好な巨人（トルペ・ギカンテ）〉を討伐した後、偶然にも袋が地面に落ちているのを見つけたため、今はこうして宿屋を借りて暮らしている。

僕と彼女のための二つのベッドがギリギリ入るような狭い部屋だ。

当分の間はなんとか暮らしていくことができるだろう。

目下の問題といえば、目の前で心地よさそうに寝ている彼女の存在か。

さっきは、思わずエレレートと呼んでしまったが、実際は妹のエレレートの姿をしているだけで、中身は名称未定という名のレイドモンスター。

彼女とどう向き合うべきか、僕自身はかりかねている。

〈賢者の石〉があれば、彼女は元のエレレートの人格に戻るらしいが、残念ながら今すぐ手に入るような代物ではない。

いつまでかわからないが、当分の間は僕はこの名称未定という少女と一緒に暮らす必要がある。

「はぁ」

またため息をついてしまった。

僕の感情は複雑だ。

名称未定に対し怒りがないといえば嘘になる。今すぐにでも「エレレートに体を返せ」と怒鳴ってやりたいぐらいだ。

だが、怒鳴ったからといって元に戻らないことは自覚しているし、それに、彼女には穏便に過ごしてほしいという思いもある。彼女の体がエレレートのものである以上、大事に扱ってほしい。下手に刺激して、変なことをされても困るわけだ。

だから、僕は彼女に怒りを感じている一方、優しくしてあげなきゃという矛盾した二つの感情を抱いている。

「ん……」

しばらくしていると、名称未定は眼をこすりながら起き上がった。

「おはよう」

と、僕は挨拶をする。

すると、彼女は僕に一瞥だけして、返事はしないで洗面台に向かう。

「ねぇ、昨日こっちのベッドに寝ていたのに、なんで僕が寝ているベッドまで移動してきたのさ」

「うるさいな」

イラついた口調で彼女はそう言うと、顔を洗い始めた。

ここのところ、彼女はずっとこの調子だ。僕が話しかけても、まともに返事をした例しがなかった。

これがエレレート本人だったら、反抗期なのかな、で済むのだが。

彼女は、体は人間でも中身はモンスター。

最初会ったときは、笑いながら人類を殲滅（せんめつ）しようとした。それが今では、僕に反抗的ではあるものの比較的おとなしくはしている。

彼女の中で、なにか変化があったのは確かだが、それを僕が問いかけても、なにも答えてくれない。

まぁ、人類を殺そうとしないだけ安堵（あんど）すべき事柄なのかもしれないけど。

あのとき、彼女は笑いながら触手を使ってギジェルモの一味たちを飲み込み、巨大なモンスターを造った。

また同じことをされたら、正直手に負えないと危惧していたが、今のところそういった気配はない。

それは、喜ばしいことではあるのかもしれないが、彼女の考えがわからない以上、不安が消えるわけではない。

「なぁ、これから出かけるけど、お前はどうする?」

と、僕は彼女に問いかける。

すると、彼女は「チッ」と舌打ちするだけで、はいもいいえも言わなかった。

だけど、外に出る支度を始めているため、どうやら僕についてくる意思はあるみたいだ。

二話　〈鑑定〉スキル

僕の目標は最強の冒険者になることだ。

それは妹のエレレートを元に戻すのに必要な〈賢者の石〉を手に入れるには最上級未踏破ダンジョンといわれているX（エックス）ダンジョンを攻略する必要があるからだ。

とはいえ、達成するには非常に時間のかかる目標だ。

まずは簡単な目標から立てて、それを達成すべく努力すべきだろう。

「当面の目標はガラボゾの町における最難関のダンジョンのクリアにしよう」

難易度としてはC級。

レベルは最低でも80は必要だろうか。

ひとまずそれを目標に、レベル上げに専念しようか。

「坊主、七十万イェールだぞ。それは」

高い……。

けど、これを買うために今日までお金を貯めてきたんだ。

出し渋るつもりはない。

「これで、お願いします……！」

僕は七十万イェール分の硬貨が入った袋を手渡す。

そして、店主から目的の物を受け取った。

▷▷▷▷▷▷
スキル〈鑑定〉を習得できる。

〈習得の書〉

◁◁◁◁◁◁

僕はステータス画面で手に入れた物を確認する。

冒険者ならパーティーに一人は〈鑑定〉スキル持ちを入れるべきだ、という格言がある。

というのも、見たこともないモンスターや素材と遭遇したときに、〈鑑定〉スキルがあれば、正体や特性を把握することができるからだ。

僕は今後もソロで活動するつもりでいるため、どうしても〈鑑定〉スキルを手に入れておく必要があった。

〈習得の書〉を使用し、無事〈鑑定〉を習得する。

ふと、隣でじっと立っている名称未定に声をかける。

「ねぇ、名称未定はなにか欲しいものとかある？」

「…………」

恐らく僕の声は聞こえているはずだが、彼女はなにもしゃべろうとはしなかった。まぁ、欲しいものはないってことでいいのだろう。

「僕はこれからダンジョンに行くけど、名称未定はどうする？」

　と、再び名称未定に声をかける。

　また無視されるかもと思ったが、今度は不満そうではあるものの一応口を開いた。

「名称未定ちゃんがどうしようと、人間のお前には関係ないと思いますが」

「えっと、この辺りは治安の悪い場所だからさ、できれば宿屋に戻って大人しくして欲しいんだけど」

「馬鹿にするのも大概にしろ人間。この名称未定ちゃんに良からぬことをしようとした人間がいたら、逆に殺してやるのです」

　……彼女なら、本当に躊躇なく殺すんだろうな。

「できれば、殺すのはやめてほしい。エレレートの手を汚してほしくない」

　言っても無駄なんだろうな、と思いながらもそう忠告する。

　けれど、意外にも彼女は反論することなく「ふんっ」と鼻を鳴らして、どこかへ立ち去ろうとする。

「どこに行くの？」

「お前の言う通り、大人しく宿に帰ってやろうとしているんですが？　それのなにが不満だって言うんですか？」

「あっ、それならいいんだけど……」

　確かに名称未定は宿のある方角へ行こうとしていた。

心配だから、自分も一緒についてこうかと苦悩するが、下手に刺激して彼女の気が変わる可能性もある。ここは彼女を信じて見送ったほうがいいだろう。

それに、仮に襲われたとしても彼女なら簡単に反撃することが可能だ。なにせ、名称未定は僕なんかよりずっと強い。

だから、僕は一人でダンジョンに向かうことにした。

◆

「行ったですか」

名称未定は尻目で後ろを確認して、アンリが反対方向へ向かったことを確認した。

これで自由の身になれたが、だからといってなにかしたいことがあるわけではない。

名称未定は宣言通り宿屋にまっすぐ向かうつもりだった。

「ねぇ、君かわいいね」

見上げると背の高い男が自分のことを見下ろしていた。がっしりとした体格や腰に剣を提げていることから冒険者なんだろう。

かわいい、か。

言われた言葉を心の中で反芻(はんすう)する。

ふと、通路沿いにあった店のガラスに映った自分の姿が目に入る。きらびやかな金髪に、透き通るような白い肌。体格は貧相だけど、見ようによっては保護欲を掻(か)き立てるような可憐(かれん)さだ。

確かに、これはかわいいのかもしれない。

名称未定にとって、人間なんてどれも一緒に見える。全部が捕食すべき餌であって、そこには男女の区別すらない。人間だって、子鬼(ゴブリン)の個体ごとの違いなんてわからないはずだから、恐らくその感覚と一緒だろう。

だからこそ名称未定は、かわいい、と言われてもそれがどういったものなのかピンとこない。

「実はお兄さんたちさ、君に用があるんだよね。だから、一緒に来てもらえないかな」

そう言って、男は名称未定に優しい笑みを浮かべる。

どうしようかな？　と名称未定は考えていた。

他にも男たちがヘラヘラと笑いながら、名称未定を取り囲むように集まってきた。

道行く人々は自分たちの存在には気がついているはずだけど、チラチラと様子を窺(うかが)うだけで、なにもしてこない。

困っているとはいえ冒険者相手に楯突(たてつ)こうとする者はいないのだろう。

「おいおい、さっきから俺たちにビビって黙ってるじゃん」

「子供をあんま怖がらせるなよー」

考え事をしていただけだが、どうやらビビっていると思われたようだ。

ウザいな、と感じつつ、ふと、いいことを思いつく。

「キヒヒッ」

これから起こることを考えたら、思わず笑ってしまった。

駄目だ、もう少し我慢しないと。

「えーっと、名称未定ちゃん、これから用事あるから、帰りたいんですけどー」

「なんの用事？　なんだったら、その用事が終わるまで俺たち待つよ」

「えー、そう言われても困るんですけど。だって、お兄さんたち名称未定ちゃんに良からぬことするつもりでしょー？」

「べつに、そんなつもりないよ。ただ、お兄さんたちは君に用事があるだけだから」

そう言って、男たちは笑みを浮かべながら佇（たたず）んでいた。いい加減、取り繕うのも面倒だなと名称未定は思った。

「うざっ。お前らみたいな愚図がいくら企もうと全部バレバレなんですよ。どうせ誘拐でもして、奴隷商にでも売り払うつもりですよね。もしくは、少女趣味の変態貴族に売り払われるんですかね。きゃー、こわいー。どっちもお断りですー。お前らみたいな雑魚共が名称未定ちゃんを好き勝手できるはずがないんですからね」

「なんだ、こいつ……」

「あんま調子に乗るなよ」

イラついた様子で男たちが睨（にら）みを利かせる。

あはっ、と名称未定は内心笑う。

ちょっと煽（あお）っただけで、イラつくなんて、冒険者ってやっぱり単純なんだ、と。

「きゃー、こわいー、お兄さんたちになにかされちゃうー」

名称未定は精一杯煽っていた。

「おい、どうする？」

「冒険者相手に調子に乗ったらどうなるか、わからせてやろうぜ」

「お前、こっちこい！」

そう言って、男の一人が名称未定の腕を強引に摑み、路地裏に連れて行く。

――キヒヒッ、名称未定ちゃん、これからどうなっちゃうんでしょうか。


「キャー、お兄さんたち、こわいんですけどー」

路地裏で、名称未定は複数の冒険者たちに囲まれている。

状況が状況なだけに、名称未定は怖がったふりをするが、あまりにも雑な演技なせいか、冒険者たちは余計苛立ちをつのらせていた。

「俺たち相手に舐めた態度とると、どうなるかわからせてやる」

冒険者の一人が名称未定の肩を強く摑んだ。

「キヒッ」

名称未定が不気味な笑みを浮かべた瞬間。

「ぐはッ」

肩を摑んだ男がうめき声をあげながら、その場に倒れた。

「おいっ、どうした⁉」

他の冒険者たちはなにが起きたのか全く理解できていなかった。

「キヒヒッ、ざんねーん、舐めた態度をとったらどうなるのか、わからせるのは名称未定ちゃんのほうでしたー」

たった今、なにが起きたのか知っているのは、この場で彼女ただ一人。

両腕を巨大な触手へと変化させた、名称未定だけだ。

「お、おいっ、どうなってるんだ、こいつは！」

「うわぁあああああ！」

不気味な姿へと変容した彼女を見て、冒険者たちはすぐパニックに陥る。

俺たちは、とんでもない化け物に手を出してしまったんじゃないのか？　そんな後悔が彼らに押し寄せたが、もう遅い。

「誰か、助けてくれぇえええええ！」

「やめろ！　やめろ！　やめてくれぇえええええ！」

路地裏からなんとか脱しようとする冒険者たちを名称未定が逃すはずがない。

片方の触手で動けなくなるよう捕まえては、もう一方の触手で強く叩(たた)いて、冒険者たちを次々と行動不能にしていく。

「キヒヒッ、最高っなんですけど！　はぁ、はぁ、人を一方的にぶちのめすのって、なんでこんなに気持ちいいんですかね！」

悲鳴をあげる冒険者たちとは対照的に名称未定は甘美の叫び声をあげていた。

「や、やめてくれ……」

目の前に恐怖のあまり立てなくなった男がいた。

「やーめない」

それを鼻歌でも歌っているような陽気な調子で、名称未定は触手を振るう。

「さて、仕上げに新しいモンスターを造っちゃいましょうか！」

そう言って、名称未定は触手の先端を獣の口のような形状に変化させる。

そして、それを使って冒険者たちを飲み込もうとして――

「ぐはっ」

唐突に、名称未定がその場で吐き気を催したかのようにうずくまる。

「クソがァ、エレレート！　正当防衛だからいいだろうが！　クソッ！　クソッ！　クソッ！」

名称未定は吐き捨てる。

体の自由が利かなくなったのは、内で眠っているはずのもう一つの人格、エレレートのせいだった。

「おい、今ならやれるんじゃね……」

様子がおかしくなった名称未定を見て、冒険者たちは立ち上がる。事情はよくわからないが、今の彼女相手なら簡単に屈服させられそうだ。

「てめぇ、よくも好き勝手やってくれたな！」

「くそっ、どうなってやがる！」

冒険者たちは次々と立ち上がる。未だにうずくまっている名称未定を手にかけようとするのは時間の問題か。

「くそ……ッ」

冒険者たちが反撃しようとしていることに気がつくが、体が思うように動かない。

終わった、そう名称未定は思った。

「おい、なにをしている――」

ふと、黒い影が目に入った。

冒険者たちも路地裏に入ってきた人間の存在に気がついたようで、後ろを振り向いた。

「おいおい、誰かと思ったら、アンリじゃないかよ！」

「『永遠のレベル1』のアンリくんが、ここに来てなにができるって言うんだ！」

「正義のヒーロー気取りかい？　だったら、お家に帰ってやるんだな」

冒険者たちはアンリの存在を知っていたらしく、皆一様に彼のことを馬鹿にし始める。

「妹になにをしようとした？」

それでもアンリは臆せずそう問いかけていた。

「なにをしようが勝手じゃねえか!!　あぁ、そうだ良いこと思いついた!!　二人まとめて教育でもしてやろうじゃねぇか!!」

「死ね――」

目で追うのがやっとなぐらい速い動きだった。

次の瞬間には、冒険者の一人は血を流して倒れていた。

「あん？」

他の者たちは、なにが起きたのか理解できなかったようで、呆然（ぼうぜん）としている。

「おい、なにをやっている。相手はあのアンリだぞ。早く、やっちまえ！」

一人が慌てた様子でそう指示を出す。けれど、その男も次の瞬間にはアンリの手によって斬り裂かれていた。

「どうなってやがる⁉」

「なんで、こいつがこんなに強いんだよ⁉」

誰もがパニックに陥っていた。

最弱のはずのアンリに好きなようにやられている。それが信じられない。

ただアンリだけは、躊躇なく次々と男たちをなぎ倒していく。

そして、気がついた時には戦闘は終わっていた。

◆

助けられたみたいだな。

そんなことを名称未定は思った。

とはいえ、自分だけの力で解決できたはずなので、感謝なんて絶対にしないが。

それに、こいつが助けたかったのは自分ではなく、中にいる妹のほうだ。だから、余計感謝なんてする必要はない。

「おい、人間」

名称未定はそう言って、アンリを呼ぶ。早く、こんな汚い路地裏から出たい。そう主張しようとした。

「────ッッ‼」

異変に気がつく。

どうやらアンリの様子がおかしい。

アンリはなにかに怯(おび)えているようだった。

一体なにになだろうか？　だって、自分たちを襲っていた冒険者ならアンリが倒したはずだった。

「兄貴‼　すみません、妹の誘拐に失敗しました！」

アンリに斬られた男が立ち上がって叫んだ。斬られて血を流してはいるものの、死んではいなかったみたいだ。

「アンリく────ん‼　久しぶりだねぇ‼　会えてうれしいよぉおおお‼」

突然の大声だった。

そいつは、路地の角からのそりと顔だけをだし、アンリに挨拶する。名称未定が直前までそいつの存在に気がつかなかったのは、ちょうどここからでは陰になっていたから。

変な男だ。筋肉のついた体型をしているというのに、紳士のように髭を綺麗に整えている。顔だけ見れば、冒険者というよりバーテンダーのほうが似合っている。

「セセナード……」

アンリがボソリと呟く。どうやら、こいつの名前はセセナードというらしい。

「手下どもで試しにちょっかいをかけてみたら、これは一体どういうことだね？　僕の予定では、妹を餌にしてアンリくんをたぁあああっぷりとかわいがってあげようと思っていたのに、これじゃあ計画が台無しだよ」

自分の部下たちがやられたというのに、セセナードは嬉しそうだ。変な奴だと名称未定は思った。

「アンリくん、君は『永遠のレベル１』だろ！　なのに、なぜ僕の手下どもがやられているんだ⁉」

「え、えっと……」

アンリは困った様子でたじろぐ。それをニヤニヤと嬉しそうにセセナードは覗き込んでいた。

「まぁ、いいさ。今日のところはただの嫌がらせだからね。君があのときよりは強くなったことがわかれば十分な収穫だよ‼」

「お前が妹を襲うように命じたのか？」

「あぁ、そうだよ。それで、アンリくんはどうする⁉　この僕と戦うのかね？」

セセナードは挑発するように、アンリの頬を片手で力強く摑む。

払いのければいいのに、と名称未定は思ったが、アンリはじっと我慢していた。

「まぁ、いいさ」

セセナードはアンリに敵意がないと判断してか握った手を離してそう言う。

「アンリくん、ギジェルモがいなくなって、この町がどうなっているか知っているか？」

「し、知らないです」

「ギジェルモの後継者の座を巡って、水面下で争いが始まっている。有力な候補者は三人。残虐のハビニール、攻撃力最強のセフィル、そして、この僕、セセナードだ‼」

そう言って、セセナードが凄んでくる。

それに反応して、アンリがビクリと震える。

「いいかね、アンリくん。この僕は必ず三大巨頭の一人になる。そうすれば、僕はこの町で好き放題できるってわけさ！　今は後継者争いで忙しいから遊んであげることができないけど、三大巨頭になった暁には君をたっぷりかわいがってあげるからね」

その言葉を残して、セセナードはアンリの前から姿を消した。

◆

とっくにセセナードは路地裏からいなくなった。それに、名称未定を襲った彼の手下たちも痛みを抱えながら走り去った。アンリは手下たちを斬りつけていたが、殺してはいなかったようだ。

名称未定としては殺しておけばよかったのに、と思ったが口には出さなかった。

もうだれもいないのに、アンリは未だに呆然とした様子で立ちすくんでいる。

「おい、大丈夫ですか？」

名称未定がそう声をかけると、アンリが驚いた様子で顔を上げる。

「あぁ、うん。大丈夫。帰ろうか」

それから、名称未定はアンリと共に宿屋まで戻った。

「なぁ、あの変なやつは一体何者なんですか？　確か、セセナードという名前でしたっけ」

歩きながらさっきの男のことが気になったので、そう告げる。

「えっと、彼はこの町で有名な冒険者だよ。いろんな冒険者を配下に入れて、それなりに大きな勢力を築いているんだ」

あんなやつのなにがそんなに恐ろしいのだろうか、と名称未定は思った。

「もし、彼が宣言通り三大巨頭になったら、この町は終わりかもしれない」

アンリが呟く。三大巨頭？　そういえば、そんなことをセセナードが口にしていたなと思い出す。名称未定は三大巨頭がいったいなんなのかわからなかったが、察するにこの町の権力者のことだろう。

「あの男は悪いやつなんですか？」

「うん、下手したらギジェルモよりも恐ろしいやつかもしれない」

ギジェルモとは一体だれだ？　と、名称未定は思った。問いただしてもよかったが、そこまで関心がなかったので、スルーすることにした。

それから、なんでアンリが路地裏に来たのか問うてみたところ、別れた後無性に不安になって引き返したら偶然見つけたってことらしい。

ただの心配性だ、と名称未定は思った。

「不安だ……」

部屋に戻り、アンリはそう言葉を漏らす。

恐らく、自分を部屋に一人残すのが不安なんだろう。

「だったら、ダンジョンに名称未定ちゃんを連れていけばいいじゃないですか」

「いや、お前をダンジョンなんて危険な場所に行かせるわけにいかない」

なにを言ってんだ、こいつは、と内心思う。

ダンジョンにいる低級のモンスターなんかより、自分のほうがずっと強いのだから、危険な目に遭うはずがないのに。

「だったら、一人でダンジョンに行けばいいじゃないですか」

「でも……」

アンリの煮え切らない返事に内心イラつく。

「もしかして、さっきのセセナードっていう男が宿屋を襲ってこないかが心配なんですか？　それも大丈夫ですよ。あんな男より名称未定ちゃんのほうが強いですから」

「そうかもだけど」

なおもアンリの表情は晴れない。

「もしかして、あの男と昔なにかあったんですか？」

アンリが異様にあの男を恐れているのはそうとしか思えなかった。

「うん、昔ちょっとね……」

内心溜息をつく。名称未定としてはアンリの過去には微塵も興味がなかった。

「昔がどうだか知らないですが、お前だってそこそこ強いんですから恐れる必要はねーですよ」

「そうかな……」

「あぁあああ、もうイライラするですね!!　とにかく、人間、気にせず早く行くのです。最悪なにかあっても名称未定ちゃんの力で解決できますので」

だから、強引にアンリを手で押して部屋の外に出す。

「わかったよ。わかったから、もう押さないで」

「では、いってらっしゃいませです」

そう言って、部屋の扉をしめて鍵までかける。

「はぁ」

部屋の中に誰もいないことを確認すると、名称未定はため息をついた。

「ホントお前は、愛されていますね」

誰に言うでもなく名称未定はそう呟き、ベッドにゴロンと寝転がる。

そして、数分後、暇だな、と思い始める。

これなら外に出たとき、暇を潰せるものを買ってくれるようお願いすればよかった。

三話　予期せぬエラーの発生

◁◁◁◁◁
予期せぬエラーが発生しました。
問題を検出しています。
▷▷▷▷▷

「あれ？」

僕は無意識のうちにそう口にしていた。

名称未定に急かされて宿を出た僕はトランパダンジョンに来ていた。

目的は初回クリア報酬の〈習得の書〉を入手することだった。

トランパダンジョンの〈習得の書〉はスキル〈物理攻撃クリティカル率上昇・小〉を習得できる。

僕は今まで、この〈習得の書〉を何度も使うことで、スキルを小から中、そして大から特大まで成長させ、果てには〈必絶ノ剣(ひつぜつのつるぎ)〉というユニークスキルまで手に入れることができた。

その上で、さらに同じ〈習得の書〉を使えば、もう一度〈物理攻撃クリティカル率上昇・小〉を習得できると思い、こうして来たわけだが、実際にはそう都合よくはいかないようだ。

◁◁◁◁◁◁

見つかった問題：競合するスキルが検出されました。

競合するスキル：〈必絶ノ剣〉

【警告】

〈物理攻撃クリティカル率上昇・小〉は、〈必絶ノ剣〉を所持した状態で習得できません。それでも入手する場合、〈必絶ノ剣〉が消去されます。それでも、よろしいでしょうか？

『はい』　▼『いいえ』

▷▷▷▷▷▷

「えっと……」

表示されたメッセージを理解するのに、時間がかかる。

「つまり、〈物理攻撃クリティカル率上昇・小〉を習得しようとしたら、〈必絶ノ剣〉が消えることになるってことだよね」

どうしようかな？

恐らく〈物理攻撃クリティカル率上昇・小〉を再習得した場合、〈習得の書〉を何度か使うことで、また小から特大まで成長させることができるだろう。

特大になれば、クリティカル攻撃が100パーセント発生するようになる。それは非常に魅力的だ。

〈必絶ノ剣〉はユニークスキルとはいえ、〈物理攻撃クリティカル率上昇・特大〉の完全な上位互換ではない。

どちらも敵の防御力を無視した攻撃ができるとはいえ、〈必絶ノ剣〉はMPを消費し、〈物理攻撃クリティカル率上昇・特大〉はMPを消費しないが、無視できる防御力に制限がある。

どっちも一長一短だ。

「とりあえず、『いいえ』にしておこうか」

もし、〈物理攻撃クリティカル率上昇・特大〉のほうがいいと判断したら、またここに来ればいいし。下手に〈必絶ノ剣〉を消去したら、二度と手に入らない可能性もあるわけだから、『いいえ』にしておくのが賢明だろう。

そんなわけで、僕は『いいえ』を選択した。

すると、『スキルの習得を中止しました』という文言が表示されてから、メッセージ画面が消える。

右手には使わなかったので残ってしまった〈習得の書〉が。

〈習得の書〉は譲渡不可なものと、譲渡可能なものに大別できる。

さっき手に入れた〈鑑定〉の〈習得の書〉は譲渡可能なため、市場に出回っているが、この〈習得の書〉は譲渡不可なため、売ることができない。

とはいえ、捨てるのもなんかもったいない気もする。部屋に置いておけばいいか。別に邪魔になるようなものでもないし。

◆

その後、まだ時間に余裕があったので、僕は別のダンジョンに行き、レベル上げも兼ねて何体かモンスターを狩り、素材を回収した。

「そういえば、名称未定は大丈夫かな……」

換金所で素材を換金してもらいながら、そんなことを思う。

部屋で大人しくしているといったものの、言葉通りそうしてくれるとは限らない。

「なんかお土産でも買っていこうかな」

大人しくしてくれたご褒美にってわけでもないけど、なにか買い与えれば機嫌よくしてくれるかもという打算的な考えが浮かぶ。

とはいえ、名称未定はなにを貰(もら)えば喜ぶか見当もつかない。

普通の女の子だったらアクセサリーなんかがいいんだろうけど、彼女は見た目こそ少女でも中身はモンスターだし。

「ねぇ、なにをしているの？」

そんなことを考えながら、道端に並んでいる露店を眺めていたら声をかけられた。

見ると、オーロイアさんが立っていた。

つい最近も会ったばかりだな、とか思いつつ僕は質問に答えた。

「女の子になにあげればいいかな、って悩んでいて」

「は？」

なぜかオーロイアさんは口を開けて固まっていた。

「もしかして、あなた彼女とかいたわけ」

「彼女じゃなくて妹だけど」

実際には妹とかもまた違うのだが、それを説明しようとしたら話がややこしくなるし、妹ってことにしておこう。

「あっ、妹ね！　あなた妹がいたのね！　だったら最初からそう言いなさいよ！」

なぜか彼女は慌てた様子で僕の肩をペシペシと叩いてくる。情緒不安定なのかな……。

「それで妹さんになにかプレゼントしようってわけね」

「うん、そうだけど」

「だったら、ブレスレットとかがいいんじゃない。気軽につけられるし、ほら、これとかかわいいじゃない」

オーロイアさんは露店に並んでいたブレスレットを手にとってそう言う。確かに、かわいいブレスレットだと思うけど。

「あまり、こういうの好きじゃないと思うんだよね」

「だったら、どんなのが好きなの？」

「んー、そうだなぁ」

困った。名称未定がなにを好きなのか、全く見当がつかない。

と、そんな折、いい考えが浮かぶ。

「本とかがいいかもしれない」

今後も僕がダンジョンに行く間は、部屋で大人しくしてもらいたいし、だったら長く暇を潰せるものがいいだろう。

「そう、だったら本屋さんに行きましょう。確か、この辺りに古びた本屋があったわ」

と、オーロイアさんに引き連れられて、本屋に向かうことにした。

四話　本屋さんにて

「で、妹さんはどんな本が好きなの？」

本屋について早速、オーロイアさんがそう聞いてくる。

そう言われても、名称未定がどんな本が好きなのか見当もつかない。そもそも本を読めるかどうかもわからないし。

「できれば読みやすいのがいいんだけど」

「だったら、これとかいいんじゃない。『ホロの冒険』といって昔から人気のある冒険譚（たん）よ」

冒険譚か。

確かに、それなら誰にとってもおもしろそうだしいいかもしれない。

ありがとう、と言って僕はその本を手にとって会計に向かおうとする。

その途中、僕はある物を見て目をとめた。

「あぁ、魔導書ね。こんな古びた本屋に置いてあるなんて、珍しいわね」

そう、視線の先には魔導書と呼ばれる書物が置いてあった。

厳重に保管しているようで、鍵のついた鎖が何重にも巻かれて固定されたガラスケースの中に入っていた。

ちなみに値段のほうは、七百万イェール。想像以上に高い。

「そういえば、オーロイアさんは魔法を使えたよね」

「えぇ、まぁ、大したことはないけど」

「やっぱオーロイアさんも魔導書を使って魔法を覚えたの？」

「ええ、そうよ」

この町では魔法を使える冒険者は珍しい。それは、魔法を覚えるのに必要な魔導書がこれだけ高いからだ。

オーロイアさんは貴族だから、魔導書が高価でも手が出せるのだろう。

「といっても、わたしの家は貧乏貴族だから好きなだけ魔導書を読めたわけじゃないけどね」

貴族なのに、貧乏なんてあるんだ。貴族は無条件にお金を持っているイメージだけど、実際は違うのかな。

　庶民の僕にはよくわからない世界だ。

　そもそもなんでオーロイアさんは貴族なのに、こんな町に来ているのだろうか。治安の悪い町だし、オーロイアさんは美人だからガラの悪い男の人にすぐ狙われそう。

　今朝の名称未定の件もあったし、ふと気になった。

「なんで、オーロイアさんはこの町にいるの？」

「ここほどダンジョンの多いところはないからね。けっこう貴族もお忍びでこの町に来てはダンジョンに潜ってるわよ」

「へー、そうなんだ」

　貴族がこの町に来ていることも驚きだけど、貴族がダンジョンに潜っているという事実も驚きだ。僕のイメージでは、貴族なら仕事をしなくても食べていけるもんだと思っていた。

　でも、思い返せばオーロイアさんとダンジョンで遭遇したとき、彼女は隠しボスを攻略しようとしていたし、意外と貴族のほうがダンジョン攻略に熱心なのかもしれない。

「でも、この町危なくない？　オーロイアさん、かわいいから男の人とかにちょっかいかけられそうだし」

「か、かわいい……」

　なぜかオーロイアさんが顔を赤くして、固まっていた。

　けど、すぐに正気を取り戻すように咳払い（せきばら）いをしてから、こう口にする。

「そんなやつがいてもわたしの魔法を見せれば、すぐ逃げるわよ」

それは確かにそのとおりだ。

魔法は使えるってだけでも、並みいる冒険者より優秀な証拠となる。

魔法が使える相手に喧嘩(けんか)を売るような馬鹿は、いくらこの町が荒れていてもいないか。


「魔法か……」

本を買って店を出て、オーロイアさんと別れた後、ふと呟く。

僕のステータスは全体的に低いが、特に低いのは攻撃力。魔法の威力に作用する知性は高いとはいえないが、攻撃力に比べたらいくらかマシである。

だから、今の短剣で戦うスタイルより魔法を使った戦い方のほうが僕には向いているはずだ。

魔導書は高いが、頑張って貯めれば……いや、無駄か。

たとえ魔導書を手にいれても、僕に魔法は使えない。

というのも魔法を使うのには、〈魔力操作〉と呼ばれるスキルが必須だ。このスキルがないと、魔法を扱うのに必要な魔力をＭＰを消費して練ることができない。

〈魔力操作〉は最初にステータスを獲得するときぐらいしか、入手手段がない。オーロイアさん最初から〈魔力操作〉を持っていたに違いない。

だから、僕はいくら頑張っても魔法を覚えるのは不可能なわけだ。

◆

「こういうのを買ってきたんだけど、興味ある？」

帰って早々、名称未定に本を渡した。

「そんなのいるわけねーですよ。名称未定ちゃんを喜ばせたいなら、もっとマシなのを買ってきてください」

どうやらお眼鏡に適わなかったらしい。

「そっか、ごめん。これは売りに出そう」

古本屋に売ってしまえば、いくらかはお金が戻ってくるだろう。せっかく買ったけど、気に入らなかったなら仕方がない。

「ん……？」

なぜか、名称未定が本を両手で鷲掴みにしていた。

「いらないんじゃ……」

「売るのはもったいないから、名称未定ちゃんが有効活用してやります。だから渡せ」

だったら、なんで一度否定したのか、意図がよくわからないけど、とりあえず本を読む気はあるらしかった。

今日も今日とて、ダンジョンに向かうべく、とその前に冒険者ギルドに向かっていた。

行ったことがないダンジョンを開拓しようと思った次第だ。

〈鑑定〉スキルを手に入れたとはいえ、ギルドでモンスターの情報を閲覧するのは大事なことだ。

それに、厄介だったギジェルモたちがいなくなったので、気兼ねなく人が多いギルドに来ることができた。

「さて、どうしようかな？」

ダンジョンの情報が書かれている掲示板を見ながら、首をかしげる。

せっかくだし新しいダンジョンに行き、強力な初回クリア報酬を手に入れたいし、モンスターを討伐してレベル上げも行いたい。

どちらも満たせるような都合のいいダンジョンがあればいいのだけど……。

「ベネノダンジョンか」

ふと、一つのダンジョンに目をとめる。

クリア推奨レベルは、レベル30の冒険者が六人。ランクはＥ級。

僕のレベルは15なので、当然攻略は厳しいように思える。

とはいえ、クリア推奨レベルが25の冒険者六人の、パイラルダンジョンの道中に出現する人喰鬼(オーク)なら倒した実績はある。

それは、僕の敏捷(びんしょう)のステータスが異常に高いのに対し、人喰鬼(オーク)の敏捷が低かったから成せた業(わざ)

だ。

ベネノダンジョンの道中に出てくるモンスターはというと……人喰鬼(オーク)より強敵なのは確実か。

「無理そうだったら逃げればいいいし、なんとかなるかな？」

逃げ足が速いことだけは僕の数少ない自慢の一つだ。

もし、難しそうだったら途中で引き返せばいい。

それに、ベネノダンジョンの初回クリア報酬は非常に興味深い。行ってみる価値はあるはずだ。

そんなわけで、僕はベネノダンジョンに向かうことに決めた。

「よぉ、アンリじゃねぇか。久しぶり」

ふと、話しかけられる。

見ると、知っている顔があった。

「アルセーナくん、久しぶり」

僕は小さい頃からこのガラボゾの町にいるため、顔なじみは多い方だと思う。アルセーナくんもその一人で、小さい頃はよく一緒に遊んだものだ。

ただ、僕が冒険者になってからは色々忙しかったせいかめっきり交流はなくなっていた。だから、話しかけられたことに僕は驚いていた。

「お前、冒険者としてなんとかやっていけているみたいだな」

「うん、なんとか。アルセーナくんも冒険者になっていたんだね」

「まぁ、冒険者になったのは最近だけどな。少しでも家の助けになりたいじゃん」

確か、アルセーナくんの家は兄妹がたくさんいたはずだ。その中でも、彼は長男だったはず。弟妹のためにも冒険者としてお金を稼ぎたいってことなんだろう。

「てか、アンリ。お前は一人なのか？」

「え、えっと、そうだけど」

「他に一緒にダンジョンを攻略する冒険者はいないのか？」

「うん……」

そう言うと、アルセーナくんは困った顔で僕のことを見た。なにを思っているのかは、察しがつく。

ダンジョンってのは普通、冒険者同士でパーティーを組んで攻略するものだ。

ダンジョンのクリア推奨レベルが何レベルの冒険者が六人と表記されているのも、ギルドが最低六人でダンジョンを攻略しろ、と暗に示しているから。

「なぁ、アンリ。よかったらさ、俺たちのパーティーに入らないか？」

アルセーナくんが思い切った表情でそう告げる。

困った。

アルセーナくんは長男だからか兄貴肌な面がある。だから、僕がソロで活動していることを知ったら、パーティーに入るよう提案するのではないかな、と少しだけ予想していた。

とはいえ、今の僕はソロで活動するほうが色々と都合がいい。僕の高い敏捷は、パーティーの中だと他の冒険者に足並みを揃える必要が出てくるため、意味がなくなってしまうし、〈回避〉を使った壁抜けもソロでないと使うのが難しくなる。

「今から、俺たちのリーダーに提案してみるからさ。ちょっと来てくれ」

　せっかくの厚意を無下にするのも悪い気がする。とりあえず、話を聞いてみるだけならいいか。

「アルセーナ、そいつは『永遠のレベル1』という悪名で有名なアンリだろうが。んなやつをパーティーに入れる余裕なんてうちにはねぇよ」

　パーティーのリーダーらしき男が僕を見た瞬間、そう口にした。

「『永遠のレベル1』？」

　アルセーナくんは僕の異名を知らなかったようだ。まぁ、もし知っていたら、いくらアルセーナくんでも僕をパーティーに誘わないか。

「こいつは攻撃力がめちゃくちゃ低い。かつ持っているスキルが外れスキルなせいで、雑魚モンスターすらまともに倒すことができない無能。モンスターを倒せないから、レベル上げができない。おかげでついたあだ名が『永遠のレベル1』なんだよ」

　と、リーダーは僕の異名を丁寧に解説してくれる。

　まぁ、今の僕はレベル1をとっくに卒業しているんだけど。

「アンリ、お前そんなことになっていたのか……」

　アルセーナくんは心配そうな表情でそう口にする。

「アルセーナ、幼馴染（おさななじみ）なのかもしれんが、そいつにはあまり関わらないほうがいい。そいつに関わったら、ギジェルモに目をつけられる可能性が高い。お前も知っているだろ、ギジェルモは」

と、他のパーティーメンバーの一人が口を挟む。

「あぁ、もちろんギジェルモは知っているけどよ」

「てか、ギジェルモって死んだんじゃないの？」

また、別の一人がそう口を挟む。腰に剣を携えた、見たところ女剣士だ。

「失踪はしているみたいだけどな。死体が見つかったわけじゃないから、本当に死んだかどうかまではわからん」

「てか、こいつなら知っているんじゃないの？　ギジェルモのお気に入りでしょ、あんた」

と、女剣士が僕の目を見てそう言った。

急に話を振られた僕はびっくりして慌ててしまう。

「え、えっと、僕もギジェルモがどうなったかよくわかんない……」

死んだなんて言ったら、余計なことまで白状する必要がでてくるだろうし、ここは知らないと言うのが得策だろう。

「使えねー。まぁ、でもあんたからしたら、ギジェルモの呪縛から解放されたわけだし、このまま消えてくれたらいいんでしょうね」

「あ、あはは……」

肯定するわけにもいかず、苦笑してなんとか誤魔化す。

「ともかくアルセーナには悪いが、こいつは戦力にならん。だから、パーティーに入れることはできない」

きっぱりとリーダーがそう宣言する。

「悪いな、アンリ」

アルセーナくんは申し訳なさそうな顔で僕にそう言った。

「全然気にしていないから大丈夫」

むしろ助かったぐらいだし。

見たところ、アルセーナくんを含んだパーティーは比較的初心者の集まりのようだ。僕が入っても足並みを揃えることは難しいだろうから、むしろ拒絶されてよかった。

そんなわけで、パーティーに加わることなく僕は一人でベネノダンジョンに向かうことになった。

六話　バジリスク

冒険者ギルドを出た僕はダンジョンに向かった。

ベネノダンジョン。クリア推奨レベルはレベル30の冒険者が六人のE級ダンジョン。

早速、中に入って僕はダンジョンを進んでいく。

「クケコッコォーッ！」

早速、モンスターのお出ましだ。

◁◁◁◁◁◁◁
〈鶏蜥蜴(コカドリーユ)〉
討伐推奨レベル：30
頭は鶏だが、体はトカゲに近い。コウモリのような羽を持っているが空を飛ぶことはできない。
獰猛(どうもう)な性格をしており、鋭いくちばしを使って襲ってくる。
▷▷▷▷▷▷▷

手に入れたばかりのスキル〈鑑定〉を使ってみる。

ちゃんと、モンスターの情報がメッセージとして表示された。

「羽があるのに、飛べないのか」

冒険者ギルドに書かれていた情報ではここまで詳細に知ることはできなかったし、〈鑑定〉スキルを手に入れて正解だったのかも。

鶏蜥蜴(コカドリーユ)は鋭い足で、地面を強く蹴る。

速い……！　けど、動きは単調で、読みやすい。

僕は攻撃をよけつつ、モンスターに短剣を突き刺して引き抜く。

「グコギャ……ッ」

と、鶏蜥蜴(コカドリーユ)はうめき声をあげて僕のほうを見た。

ちゃんとダメージは入っているみたいだ。

これなら何度も攻撃すれば、いずれ倒すことはできる。

それから、数分の攻防を得て鶏蜥蜴（コカドリーユ）を倒すことに成功する。

◁◁◁◁◁◁
レベルが上がりました。
▷▷▷▷▷▷

「よしっ」

僕は小さくガッツポーズをする。

この調子で、レベルを上げていこう。


それから僕は道中で遭遇した鶏蜥蜴（コカドリーユ）を可能な限り討伐していく。

素材をすべて回収すると持ちきれないので、魔石だけ剝ぎ取り袋につめていく。

その間、レベルも一つ上がったし、成果は上々だ。

「そして、ここがボスエリアか」

ボスエリアに続く扉を見て、僕は息を呑（の）む。

この部屋のボスは厄介な特性を持っているため、苦戦を強いられるのは必至。

とはいえ、ここに来た理由は初回クリア報酬だ。

ここまで来て引き返すなんて選択はありえない。


「グゴォオオオオオオオオオオオオ!!」

扉を開けるとボスモンスターが雄叫びをあげて出迎えてくれる。

即刻、僕は〈鑑定〉を行う。

◁◁◁◁◁◁
〈毒蜥蜴(バジリスク)ノ王〉
討伐推奨レベル:47
強力な毒を持った蜥蜴(とかげ)の王。足が八つある。
体の周囲に毒をまとい、それを放つことで攻撃する。
▷▷▷▷▷▷

討伐推奨レベルが47か。

レベルが未だ17の僕が敵う相手ではない。

とはいえ、それは目の前のボスを倒す場合だ。

僕の目的はあくまでも壁抜け。倒すことを考える必要はない。

「グゴォ！」

毒蜥蜴ノ王が体を震わせて、全身にあるイボから広範囲に毒を撒き散らす。

「あぶないっ」

僕はすぐさま後ろに下がり、毒が当たらない場所まで退く。

毒蜥蜴ノ王が毒をばらまいている間は近づけない。毒に当たればどうなるか、想像もつかないけど試さないほうが賢明か。

とにかく、今は待つべきときだ。

それから僕は攻撃に当たらないようにしつつ、毒蜥蜴ノ王の動きを観察していた。

そして、動きに一定の法則があることに気がつく。

まず、毒を周囲に撒き散らす。それで相手にダメージを与えられなかった場合、毒蜥蜴ノ王は僕のいるほうに突進しつつ、再び毒を撒き散らす。それでも駄目な場合、部屋全体を満たすぐらい広範囲に毒を撒き散らすのだ。

「逃げ場がどこにもないじゃん！」

最初、毒蜥蜴ノ王が部屋全体に毒を撒こうとしたとき、僕はそう叫んだ。

前後左右どこに行っても毒に巻き込まれる！

けれど、とっさのひらめきで僕はなんとか毒に当たるのを免れた。

そう、逃げた場所は上だ。

「危なかった……」

僕は短剣を、部屋の壁のくぼみに引っ掛けて、それにぶら下がるようにして高い位置にいた。

毒蜥蜴ノ王（バジリスク）の毒は横の範囲は広いが、縦ならジャンプすれば逃れられる程度に低い。

とはいえ、ジャンプじゃ一瞬しか高い位置にいることができないため、こうして壁に突き刺した短剣にぶら下がることで、毒が消えるまで高い位置に留まることができた。

「毒蜥蜴ノ王（バジリスク）の周りから毒が消えている……」

その違和感に気がつく。

通常なら、毒蜥蜴ノ王（バジリスク）は体の周囲に必ず毒をまとっている。

だけど、部屋全体に届くほどの大量の毒を放出したばかり。この攻撃のあとなら、時間が経たないと再び毒を使うことができないのではないだろうか。

とはいえ、そう判断するにはまだ早い。

もう少し、動きを観察してみよう。

それから僕は毒蜥蜴ノ王（バジリスク）の攻撃を何度も観察した。

「やっぱり部屋全体に毒を撒き散らした後、一定時間は毒を撒くことができないみたいだ」

いつしか、そう確信を得ていた。

毒がない状態なら、近づくことができる。近づきさえすれば、攻撃は可能だ。

って、倒しちゃいけないんだった。

僕の目的は壁抜けを使って、初回クリア報酬を無限に回収することなんだから。

地面を蹴り、毒を吐けなくなった状態の毒蜥蜴ノ王（バジリスク）に突撃する。

当然、毒蜥蜴ノ王（バジリスク）は応戦するべく、僕に牙を向ける。

「くっ」

盾で攻撃をなんとか防ぎ、体重の軽い僕は壁まで吹き飛ばされる。

「〈回避〉」

そして、壁にぶつかる瞬間スキルを使った。

気がついたときには、僕は報酬エリアにいた。


「さて、お楽しみの報酬タイムだ！」

宝箱を前にして僕ははしゃいでいた。

まぁ、初回クリア報酬がなんなのか冒険者ギルドで確認していたから、中身は知ってはいるんだけど。

そんなわけで、宝箱を開けて中身を取り出す。

「これがなんなのか実はよくわかってないんだよね」

手にしたのは、正八面体の小さな石。透明で綺麗だけど、これがなにに使えるのかはよくわからない。

◁◁◁◁◁◁◁

〈結晶のかけら〉

集めたらいいことが起きる（譲渡不可）。
▷▷▷▷▷▷

説明もこんな感じ。

ベネノダンジョンの初回クリア報酬ということで、この〈結晶のかけら〉という存在自体は知られている。

しかし、このダンジョンの初回クリア報酬以外での入手方法が知られていないため、実際に集めて、メッセージに書かれている『いいこと』を確かめた者はいない。

いない、と断言するのは言いすぎたかも。

流石に、世界中を探せば、『いいこと』がなんなのか確かめた者は何人もいるんだろうけど、ここガラボゾの町にいる冒険者では、僕の知る限りいない。

そんなわけで、この〈結晶のかけら〉を集めれば、なにが起こるのか、そもそも何個集めればいいのか、なにもわからないわけだが、これからこのダンジョンを何回も周回することで確かめてみようではないか。

なんせ僕には壁抜けがある。

◆

次の日から、ベネノダンジョンの周回を始めた。

今までは周回する際、道中のモンスターを全部スルーしてきたが、そうをすると、レベルも上げられないし素材も換金することができないので、できるかぎり道中に出現する鶏蜥蜴（コカドリーユ）を倒すように心がける。

だから、一日に一回、クリアするのが限界だった。

それでもモンスターをたくさん倒したおかげだろう、周回を始めて五日目にしてレベルが21にまで達していた。

これは中々にして、レベル上げの速度が順調ではないだろうか。

格上のモンスターを倒しているから、通常より多くの経験値が入っているんだろうね。

「〈回避〉！」

ボスエリアの壁を壁抜けして報酬エリアにたどり着く。

そして五つ目になる〈結晶のかけら〉を手に入れた瞬間だった。

◁◁◁◁◁◁

五つ目の〈結晶のかけら〉の入手を確認しました。

五つの〈結晶のかけら〉は合成され、〈大きな結晶〉になりました。

袋に入れておいた四つの〈結晶のかけら〉が袋を飛び出し、手に持っていた〈結晶のかけら〉と重なり合う。

そして、眩い光を放ったと思ったら、目の前に大きな透明な石があった。

これが〈大きな結晶〉なんだろう。

手にとって、〈大きな結晶〉の情報を確かめてみる。

◁◁◁◁◁◁

〈大きな結晶〉

使用すると、いいことが起きる。

集めるともっといいことが起きる（譲渡不可）。

▷▷▷▷▷▷

「え、えっと……」

メッセージに書かれた内容を見て、戸惑う。

とりあえず、使用はできるようになったらしいが、なにが起きるかまでは書かれていない。

まぁ、『いいこと』って書いてあるからいいことではあるんだろうけど。

そして二行目の『集めるともっといいことが起きる』か。

気になる。

「こうなったら、もっと集めるしかないでしょ」

僕はさらに周回することを決めていた。

◆

「ただいま」

宿屋に戻って、そう口にする。

帰るたびに、僕は名称未定がなにか良からぬことをしていないか不安になる。

「…………」

帰ってきた僕に目もくれず、彼女はベッドの上で本を読んでいた。

どうやら、最初に本を与えた日から彼女は読書にハマったらしく、すでに何冊も本を買い与えている。

「えっと、新しい本を買ってきたけど」

そう言った途端、彼女はガバッと顔をあげて、僕のいる場所まで小走りでやってくる。

「買ってくれるのが遅いんですよ！　おかげで、名称未定ちゃんはすでに読み終えた本を何度も読み返すはめになったじゃないですか」

彼女は不満を述べて、僕から奪うように本を手に取る。そして、本を開いて読み始めた。

大人しくしてくれるなら、なんでもいいんだけどね……。

本一冊買い与えるぐらい安いもんだし。

それから僕は夕飯の準備を始める。この宿屋には誰でも使うことができるキッチンが常設されているため、それを使わせてもらう。

以前、家で暮らしていた頃はごはんを食べるのが僕一人だったこともあり、パン一つだけなど、あまり食事に気を使っていなかった。

だけど、今は名称未定の分の料理も用意する必要がある。

彼女に健康を維持してもらうためにも、食事に気を使うようになった。

なにせ、彼女の体はエレレートのものなんだから。

そんなわけで、毎日ダンジョンから帰っては食材を用意して料理づくりに励んでいる。

だけど、料理なんてほとんどしたことがなかったので、あまりうまくいかない。

おかげで、ご飯のたびに「今日も相変わらずまずいですね」と名称未定に文句を言われるのが日常となっていた。

彼女が料理をしてくれたら、助かるんだけどなー、と名称未定に対し思うのはわがままなんだろうか。

ダンジョン帰りってこともあり、クタクタな状態で食事の準備をするのは正直しんどい。

後ろにはベッドで読書に没頭している名称未定の姿が。

もし、料理の本とか渡したら、料理にハマってくれないかなー、と思うのは流石に都合が良すぎるか……。

七話　もっと大きな結晶

「よしっ、これで二十五個目だ！」

僕は報酬エリアにてそう叫んでいた。

〈結晶のかけら〉の回収を始めて二十五日目。

〈大きな結晶〉を手に入れるには〈結晶のかけら〉が五つ必要だから、これで〈大きな結晶〉が五つ揃ったことになる。

僕の予想では、〈結晶のかけら〉と同じく〈大きな結晶〉が五つ集まればなにかが起きると踏んだわけだが。

◁◁◁◁◁◁
五つ目の〈大きな結晶〉の入手を確認しました。
五つの〈大きな結晶〉は合成され、〈もっと大きな結晶〉になりました。

〈もっと大きな結晶〉って、流石に名前が安易すぎるような気もしないでもないが、ともかくこれで目標を達成したわけだ。

「やったぁー！」

両手を掲げ、喜ぶ。

結構長いことがんばったよね、僕。

鶏蜥蜴（コカドリーユ）を倒しまくったおかげで、レベルも27に到達したし。

喜びつつ、〈もっと大きな結晶〉の情報を閲覧する。

◁◁◁◁◁◁

〈もっと大きな結晶〉

使用すると、すごくいいことが起きる。

集めると、もっともっといいことが起きる（譲渡不可）。

▷▷▷▷▷▷

「は……？」

僕は呆然としていた。

一行目はまだいい。どうせ、なにが起きるかなんて書いていないと思っていたから。

問題は二行目。

「もっともっといいことが起きるって、なんなのさー⁉」

叫ばずにはいられなかった。

「もう使っちゃおうかな……」

〈もっと大きな結晶〉を手に持ちながら、そんなことを考える。流石に、何度も同じダンジョンに潜ると気が滅入ってくる。

だけど、気になる。

『もっともっといいこと』がなんなのか、すごく気になる。

もし、ここで使っちゃえば、『もっともっといいこと』がなんだったのか一生気になるんだろうなー。

「よし、周回しよう……」

過去にはパイラルダンジョンを百周したこともあるんだし、自分にはまだまだ余力は残っているはずだ。

「だけど、少しだけ休ませて……」

ぐったり、と僕は報酬エリアで仰向けに転がった。

◆

「えっと、なにしてんの……？」

　宿屋に戻るとおかしな光景があった。

「見てわからねーですか。料理というのをやっているんですよ」

　確かに、名称未定が本を片手に台所に立っていた。

　あの本は、他の本にこっそり交ぜて渡した料理のレシピ本だったはず。あわよくば、名称未定が料理に興味を持ってくれたなら、と思って渡したが、まさかこうもうまくいってしまうとは。

　意外と好奇心旺盛なのかも……。

「なにか手伝おうか？」

「お前が手伝うと飯がまずくなるから、余計なことはしないでほしーのです」

「わ、わかった」

　事実、僕は料理がうまいわけではないので、言われた通り大人しく見ているだけにする。

　ただ、料理ってのは包丁を使うときなど、怪我をする可能性があるから、不安ではある。

　あっ、自分の触手を刃物の形状にして、それで食材を切るんだ。まぁ、包丁を使おうが触手を使おうが味は変わらないと思うので、別にいいんだけど。

「ほら、ありがたく召し上がってください」

　数時間後、テーブルに料理を並べた名称未定がそう言っていた。

「いただきます」

　そう言って、僕は料理に手をのばす。

見た目は普通だし、僕の作る料理に比べたら色彩が豊かだし味も悪くなさそうだ。

「どうですか？」

料理を口にした僕に対し、名称未定がそう問いかける。

「……うん、おいしいよ」

「ふんっ、おいしくて当たり前なんです。なにせ名称未定ちゃんが作った料理なんですから」

そう言って、彼女は自分の分の料理を口にいれた。

「まっずい!!」

名称未定はそう叫びながら、自分の料理を投げ飛ばしていた。

「お前、よくも嘘をつきやがりましたねっ！」

彼女はつり上げた目で僕のことを睨む。

うん、確かに彼女の作った料理はまずかった。とはいえ、作ってもらった手前、まずいなんて言えないのでおいしいと言ったわけだが……。

「まぁ、でも食べられないほどではないし」

そう言って、僕は料理を再び口にいれる。

まずくなってしまったのは、焼き加減が甘いせいなのかなぁ。

「こんなまずいもの食べないでください！」

だけど、名称未定が僕の料理を取り上げて食べることを許さない。

「けど、今日のご飯はどうするの……？」

今から用意しようとしても、もう時間は遅いし。

「今日のご飯はなしなんです」

ええ、嘘でしょ……。

八話　パーティーとの遭遇

「これで、百二十四個目だ……」

〈結晶のかけら〉を集め始めて、もう何日経っただろうか。

僕はぐったりしながら、報酬エリアの宝箱を開けていた。

今のところ〈もっと大きな結晶〉が四つ〈大きな結晶〉が四つ、さらに〈結晶のかけら〉はさっき手に入れた一つを合わせて、計四つある。

流石に持ちきれないため、ほとんどを宿屋に置いてある。

あと、一つ集めれば、〈もっと大きな結晶〉が五つになる。恐らく五つ集めれば、さらに大きな結晶になるはずだ。

「よしっ、ラスト一個だし、今日のうちに終わらせちゃおう！」

僕はダンジョンの外に出て、再びベネノダンジョンに入ろうとしていた。

すでに、レベルは32に達していた。

鶏蜥蜴（コカドリーユ）が格上のモンスターだったときは、倒せば倒すほどレベルが簡単に上がったが、最近はいくら倒してもレベルが上がる気配がない。

近い実力のモンスターを倒しても、手に入る経験値が少ないから仕方がないことなんだけど。

なので、ここ最近は道中のモンスターを倒さずに初回クリア報酬だけを目当てに進んでいる。

そのほうが、ずっと早くダンジョンを周回できる。

早く、このダンジョンの周回を終わらせて、別のダンジョンに行きたい。

そんなわけで、僕は道中に遭遇した鶏蜥蜴(コカドリーユ)を全て無視して、奥へと進んでいった。

「おい、アンリじゃねぇか！」

「えっ」

進んでいたら、途中で別のパーティーと遭遇した。

僕に声をかけてきたのは、以前冒険者ギルドでも会った幼馴染のアルセーナくんだった。

「お前、一人なのか？」

「うん、そうだけど」

そう答えつつ、内心まいったな、と思う。

『永遠のレベル1』と呼ばれている僕が一人でこのダンジョンにいるのは非常に不自然だからだ。

かといって、すでにレベルが32になっていることを口にするのも気が引ける。こんな短期間でレベルが32になったなんて異常だ。その上、レベルを上げられないはずの僕が、どうやってレベルが32になったのか、説明を求められたら面倒なことになる。

壁抜けのことはなんとしてでも隠したい。この治安の悪い町で壁抜けのことが広まったら、どんな目に遭うかわかったもんじゃない。

だから、ここはレベル1のフリをしておくべきだ。

「お前、なに考えてるんだよ！　レベル1のお前が一人で来るようなとこじゃないだろ！」

「あ、はい……」

だから、アルセーナくんが怒っても素直に頷くことにする。

そういえば、以前オーロイアさんとダンジョンで会ったときも似たような反応をされたっけ。

「おい、どうしたアルセーナ」

と、僕たちのところまで一人の男がやってくる。確か、このパーティーのリーダーをやっている人だっけ。

「あん？　なんで、てめぇがこんなところにいるんだよ」

リーダーが僕を見てしかめっ面になる。

「まさか、てめぇ俺たちに寄生していたんじゃないだろうな！」

寄生とは、低級冒険者が上級冒険者たちのパーティーについていくことだ。

実力以上のパーティーに寄生することで、パーティーが倒したモンスターの余った素材なんかを回収して、お金を儲(もう)けるっていう手口だ。

もちろん寄生行為はマナー違反とされている。

「いえ、寄生なんてしてないですよ……」

と、僕が弁明したところでリーダーの表情は変わらない。

まぁ、レベル1だと思われている僕が、寄生以外の手段でどうやってここまで来たんだよってなるからなぁ。

「でもリーダー、俺たち、倒したモンスターの素材は余さず回収していますし、寄生されたところで、こいつにはなんの利益にもなっていないはずですよ」

アルセーナくんがリーダーをなだめるようにそう言う。

「まぁ、それもそうだな」

納得してくれたようで、リーダーも落ち着きを取り戻す。

よしっ、場も収まったことだし、僕はこのパーティーから離れて、ボスの部屋に行こう。

「あのっ、リーダー。お願いなんですけど、アンリも一時的にこのパーティーに入れてもらえないですか！」

突然、アルセーナくんが土下座する勢いで頭をさげた。

「顔見知りを見捨てるのは、俺流石に我慢ならないんです！　わがままなのは承知です。でも、そこをなんとかお願いします！」

ど、どうしよう。アルセーナくんが僕のためを思って、やってくれているのはわかるけど、すごく迷惑かも。

しかもアルセーナくん、小声で「アンリ、お前も頭下げろ」って言ってくるし。

「ふざけんな！　寄生したやつをなんで俺たちが守らなきゃいけないんだよ！」

けど、リーダーが即座に拒否を示す。

心の中だけでリーダーを応援しよう。このまま僕を置いてけぼりにしてくれ。

「しかも、こいつは『永遠のレベル1』だろ！　こんな足手まといをパーティーに入れてなんのメリットがあるんだよ！」

よしっ、その調子だ、リーダー。僕をパーティーに入れるメリットなんて、全くないぞ。

「まぁまぁ、リーダー、少しは落ち着けよ」

「そうよ、少し熱くなりすぎ」

そう言って、リーダーのことをなだめる者がいた。一人は以前会ったことがある女剣士。

もう一人は初めて会った。槍を装備していることから槍使いだとわかる。

「アルセーナの言う通り、ここに置いていったら流石に寝覚めが悪いわよ。寄生していたのはいけ好かないけど、一時的にパーティーに入れてあげるぐらいいいじゃん」

「そうだぜ、リーダー。荷物持ちをやらせれば、『永遠のレベル1』でも多少は役に立つだろ」

本当は一人で行動したいのに。僕の気持ちは誰も察してくれないようで、なぜか外堀ばかりが埋められていく。

リーダーも少し冷静さを取り戻したようで「それもそうか」と頷き始めているし。

「よし、一時的に俺のパーティーに入れてやる。だが、いいか。てめぇは余計なことを一切するなよ」

本格的にまずいかもしれない。

このままだと、本当にこのパーティーと一緒に行動をしなくてはいけなくなる。

「あ、あの！　ありがたい提案だけどお断りします！　僕一人だけでもダンジョンから脱出できるので」

きっぱりと否定した。

僕だって成長しているんだ。だから、このまま流されるわけにはいかない。

「おい、アンリ。レベル１のお前が一人でダンジョンから脱出できるわけないだろ」

アルセーナくんがそう言う。けど、今の僕はもうレベル１じゃないんだ。

「じ、実は最近レベルが上がって、もうレベル１ではないんです……」

レベルがすでに32であることを伏せておけば、多少レベルが上がったと主張しても怪しまれないだろう、と判断して少しは正直なことを言うことにした。

「そうなのか……？」

アルセーナくんがそう傾(かし)げた、次の瞬間だった。

「てめぇ！　『永遠のレベル１』のくせに調子のりやがって！　せっかく俺が譲歩してやったというのに‼　万年レベル１のお前がどんな手品を使えば、レベルを上げられると言うんだよ‼」

リーダーが唾を飛ばしてそう主張してくる。

「そうよ、一体どんな方法を使えば、あんたがレベルを上げられるわけ？」

女剣士も胡乱(うろん)な目でこっちを見る。

やっぱり、ちゃんと説明しないと納得してもらえないか。とはいえ、壁抜けのことを言うわけにはいかないし。

「えっと、剣を振っていたらスキル〈剣技〉を習得できて、それで魔物を倒せるようになったんです……」

この説明で納得してもらえるかな？　スキル〈剣技〉を持っているのは本当だし、別に嘘をついているわけではない。

「は？　そんな方法で新しいスキルを手に入れられるわけないでしょ」

「いや、待てよ。確かに、ものすごく特訓を積めば、新しいスキルが手に入るって噂で聞いたことがあるな」

女剣士の否定に槍使いらしき男が疑問を投げかける。

「だとしてもよ。スキル〈剣技〉を習得するには、実際に剣で魔物をたくさん倒さないといけないって聞いたことがあるわ。そんなの攻撃力が低いこいつには無理よ」

ばっさりと女剣士が否定する。

「おい、どういうことか説明しろや、ゴラァ‼」

それに被せるようにリーダーが威嚇してくる。

「す、すみません。本当はレベル１のままです……」

女剣士の言うことはまったくもって正論で反論がまったく思いつかなかった。

「最初からそう言えや！　ほら、荷物を担いで少しでも貢献しろ」

リーダーはそう言って、恐らくモンスターの素材が入っているであろう大きな荷物を投げつける。

「ひとまずこれで安心してダンジョンから戻れるな。あと、嘘はよくないと思うぞ」

アルセーナくんがそう言う。アルセーナくんはお兄ちゃん気質なので、僕のことを心配してくれているんだろう。

「う、うん……」

対して僕は苦笑いをするしかなかった。

九話　パーティーとのダンジョン攻略

こうして荷物を持たされるのは、ギジェルモのパーティーにいたとき以来だ。

早く家に帰りたい。

ソロで行動すれば、すぐにこのダンジョンを抜けられるのに。

宿では、名称未定がご飯を作って待っていることだろう。あれから、名称未定は毎日、夕飯を作るようになった。

腕も日に日に向上しているようで、おいしい料理を作れるようになっている。たまに、失敗してまずいときもあるけど。

ともかく、最近の僕は名称未定の作る夕飯が楽しみで仕方がなかった。

名称未定との生活にも結構馴染んできているんだよなぁ。

最初の頃、名称未定は僕に対し、つっけんどんな態度だったが、ここ最近は口が悪いのは直ってないけど、会話をしてくれるようになったし。

当初はなにか事件を起こさないか心配だったけど、それも料理や読書にハマってくれたおかげなのか、大人しくしてくれている。

まぁ、だからって名称未定に心を開きすぎるのも問題なんだけど。いつかはエレレートに体を返してもらう必要がある。

そのことに関して、僕と名称未定は相容れることはないんだから。


「そういえば、まだ自己紹介をしてなかったわね。私、イオナ。見ての通り剣士をしているわ」

考え事をしていると、話しかけられたので顔をあげる。

「わたしたちなら、このダンジョンを余裕でクリアできるから。あんたはわたしたちの邪魔をしないことね。そうすれば、無事に外にでることができると思うから」

イオナさんはやれやれと呆れた様子でそう語る。普段からリーダーには苦労しているのかもしれない。

「そうだ、あんたも自己紹介をしておきなさいよ」

イオナさんはそう言って、槍使いに語りかける。

「ん？　あぁ、俺はテオだ。職業は槍使い。俺がこのパーティーに加入したのは最近なんだ。よろしく」

僕よりも年上であろう彼はそう自己紹介をした。

「僕の名は……」

「言わなくたって知ってるっての。『永遠のレベル1』のアンリだろ」

自己紹介をしようとしてテオさんが遮る。それもそうか。リーダーが散々僕の名前を叫んでいた。

「あと、あっちでずっと黙っているのは弓使いのダリオン。彼には話しかけない方がいいわ。彼、職人気質だから、話しかけられるのが嫌なんだって。集中力が切れるみたい」

つまり、このパーティーは剣士のリーダーとイオナさん、盾使いのアルセーナくん、槍使いのテオさん、弓使いのダリオンさんの五人パーティーのようだ。

そして、リーダーとアルセーナくんが前衛のため、二人はパーティーの先頭に立って前に進んでいる。イオナさんとテオさんが中衛、ダリオンさんは後衛のため、後ろからついてきている僕の近くにいたというわけだ。

「それじゃあ、精々荷物持ちをがんばることね」

イオナさんが僕のほうを向いてそう忠告する。

「おい、モンスターが現れたぞ！」

ふと、前方にいるリーダーが叫んだ。見ると、鶏蜥蜴（コカドリーユ）が襲いかかってこようとしていた。

僕を除いた冒険者たちは陣形を組み、相対する。

アルセーナくんが大きな盾をもって鶏蜥蜴（コカドリーユ）を待ち構える。

そして、リーダーとイオナさんが両側からモンスターを挟み込むように突撃しようとしていた。

テオさんは一歩下がって、二人のサポートを務めている。

もう一人のダリオンさんはアルセーナくんの後ろから攻撃しようと狙いを定めている。

ちなみに、僕はさらにその後ろでなにをするでもなく突っ立っていた。

邪魔をするな、と言われていたし、ここはなにもしないのが最善だろう。

そして、五人は協力して鶏蜥蜴（コカドリーユ）を倒した。

「みんな、大きな怪我はしていないよな？」

戦闘終了後、リーダーは皆に確認するようにそう言う。

「アルセーナ、お前は少し怪我をしているな。念のため回復薬を飲んでおけ」

「そんな、悪いっすよ。このぐらいの怪我、なんともないですって」

「タンクは一番命かける必要のあるポジションだからな。飲めるときに飲んでおくもんだぞ」

「あ、ありがとうございます」

と、リーダーがアルセーナくんに回復薬を渡していた。回復薬は貴重だから、アルセーナくんが渋るのも無理はないが、結局リーダーに説得されて回復薬を飲むことにしたようだ。

「おい、アンリ！　お前は素材を解体して袋に詰めておけ！」

「は、はい」

返事をして、せっせと鶏蜥蜴（コカドリーユ）を解体して袋に詰めていく。

どうやらリーダーが当たりが強いのは僕にだけのようだ。

こんな調子でパーティーは着々とダンジョンの奥へと進んでいった。

「ボス部屋の手前まで来てしまったわね」

イオナさんの言う通り、僕らはボスエリアの扉がある部屋までたどり着いていた。僕は何度もこの部屋に来ているので、特に感慨深いってことはないが。

「リーダー、予定通りボスの部屋に入るってことでいいんですよね？」

「仮に引き返すにしても、それだけの体力は残ってないだろ」

「ここのボスって毒蜥蜴ノ王（バジリスク）でしょ。確か、初回クリア報酬がしょぼいから倒す旨みがあんまりないのよね」

「だが、毒蜥蜴ノ王（バジリスク）の素材は高く売れる。それに、毒蜥蜴ノ王（バジリスク）と戦うために、解毒剤はたくさん用意しておいたからな。解毒剤があれば、余裕で倒せるだろ。だから、サクッと倒してサクッと帰るぞ」

リーダーはボスの部屋に入ることに前向きなようだ。

「あ、あの……」

「てめぇは無能なんだから、黙ってろ！　アンリ！」

「す、すみません……」

口を開いたら、リーダーに怒鳴られた。

毒蜥蜴ノ王（バジリスク）の情報を伝えようとしただけなのに。

それから、パーティーの面々は毒蜥蜴ノ王（バジリスク）について相談を始める。僕は交ざれそうにないため、離れたところでジッとしていた。

「おい、アンリ」

リーダーに呼び出しをくらう。

どうやらパーティーでの話し合いが終わったようだ。

「俺たちはこれからボスエリアに入ることに決めた。んで、お前はどうする？　こっから一人で引き返してもいいぞ」

それなら、一人で引き返そうかな。

それで、後からこっそり一人でボスの部屋に行って、初回クリア報酬を回収しよう。

「リーダーお願いですから、アンリもボスエリアに入れてやってください！」

と、会話に割り込んできたのはアルセーナくんだった。

「だが、こいつを守るなんてできないぞ」

「けど、こいつが一人で引き返すよりは、中に入ったほうが助かる可能性が高いので」

「もう勝手にしろ」

諦めたようにリーダーがそう口にする。

「アンリ、俺が守ってやるから心配しなくていいからな」

小声でアルセーナくんが耳打ちするようにそう言った。

「あ、ありがとう……」

お礼を言いつつ、本当にどうしようかと考えた。

彼らを無視してここから逃げて、後から一人でボス部屋に戻ってきて〈結晶のかけら〉を回収してしまうのもありだ。

とはいえ、必要な〈結晶のかけら〉はあと一つだけ。まぁ、さらに集められたら『もっともっともっといいことが起きる』なんてメッセージが現れる可能性もあるが、正直これ以上〈結晶のかけら〉を集める気はない。だから、壁抜けしないで実際にクリアして正規の手段で手に入れても問題はないわけだ。

ちなみに、複数人のパーティーでボスを倒した場合の初回クリア報酬がどうなるかというと、人数分の初回クリア報酬が手に入るダンジョンと、たった一つしか初回クリア報酬が手に入らないダンジョンの二つのパターンがある。

ここベネノダンジョンの場合だと、人数分初回クリア報酬が手に入る。つまり、六人でボス部屋をクリアした場合、六人それぞれ、一つずつ〈結晶のかけら〉が手に入るわけだ。

そして、〈結晶のかけら〉は譲渡不可のアイテムなため、一人だけが六つ全ての〈結晶のかけら〉を総取りすることもできない。

だから、アルセーナくんたちと一緒にクリアしても問題なく〈結晶のかけら〉が一つ手に入るわけだ。

だったら、彼らと一緒にボス部屋に入ってもいいか。

それに、少しだけ嫌な予感がした。

さっき五人が毒蜥蜴ノ王について相談していたとき、僕はその様子を遠くから眺めていたけど、その中で嫌な笑みを浮かべている者がいたのだ。あの笑みはこれから悪いことをしようとしている者の笑みと同じだった。だから、念のためついていったほうがいいかもと思ったのだ。

できれば、気のせいであってほしいけど。

◆

「グゴォオオオオオオオオオオオオオ‼」

ボスエリアに入ると毒蜥蜴ノ王が出迎えてくれた。

「よしっ、陣形を組むぞ！」

リーダーの掛け声に合わせて、パーティーメンバーたちは陣形を組み始める。

「毒を周囲に纏ってやがる。これじゃあ、近づくのが難しいな」

剣を手にしたリーダーが毒づく。

とはいえ、パーティーには一人だけ弓矢を使えるダリオンさんがいた。

ひとまず彼が何度か攻撃を行う。

「あんま、効いている感じしないですね」

アルセーナくんの言葉通り、矢は当たっているが、毒蜥蜴ノ王の硬い皮膚が矢を弾き飛ばし、あまり効いている感じではない。

「おい、こっちに来るぞ！」

見ると、毒蜥蜴ノ王（バジリスク）がパーティーのいるほうに突進してきた。

「うがぁあ！」

攻撃を受けようと盾を構えたアルセーナくんが耐えきれず吹き飛ぶ。

「大丈夫か！　アルセーナ！」

「えぇ、なんとか。うぐっ」

どうやらアルセーナくんは毒が回ったようで、見るからに体調が悪そうだ。

大丈夫なのかな……。

邪魔したら悪いと思い、僕はさっきから大人しく見ているけれど、この調子だとまずい気がする。

「あっ」

僕は無意識のうちにそう口を開いていた。

というのも毒蜥蜴ノ王（バジリスク）が部屋全体を毒で覆い尽くす攻撃をしようと準備し始めたからだ。

このボスと何回も相対した僕しか、そのことに気がついていない！

「みんな、部屋全体に毒がくる！」

そう警告するも、誰も耳を貸そうとはしない。

まぁ、仕方がないのかもしれないけど！

「どこにも逃げ場がないじゃねぇかよ！」

毒蜥蜴ノ王の放った毒を前にして、誰かがそう口にした。

事前にわかっていた僕だけは、壁に突き刺した短剣にぶら下がることで、なんとか毒から逃れることに成功する。

「えっと……」

状況を察するに、僕以外全員毒を受けたようだ。

毒を受けたら動けなくなるらしく、全員その場でうずくまっている。

これは、僕が手を貸す必要がありそうだ。

「リーダー！　解毒剤はどこ⁉」

ボスの部屋に入る前、リーダーが解毒剤をたくさん用意したと言っていたことを覚えていた。

「なんで、てめぇが⁉」

リーダーは僕が来たことに不満を覚えたようで、声を荒らげる。

「アンリ‼　リーダーのカバンに全員分入っているわ‼」

けど、代わりにイオナさんが答えてくれた。

そういうことなら、と僕はリーダーのカバンから人数分の解毒剤を取り出してまずは、リーダーに使った。

それから、他の面々にも使っていく。

「ふんっ、礼は言わねぇぞ」

「助かったよ、アンリ！」

リーダーは不機嫌そうに鼻を鳴らし、アルセーナくんは素直にお礼を言ってくれた。

「いや、俺はその解毒剤は必要ないぜ」

「え？」

一人だけ僕が解毒剤を渡さなくても自らの力で立ち上がった者がいた。槍使いのテオさんだった。

「アンリ、お前けっこうやるんだな。少しだけ見直したぜ」

テオさんはそう言って、再び槍を構える。

「おい、リーダー。今なら、攻撃が通りそうだぜ！」

テオさんがそう叫ぶ。

確かに、毒蜥蜴ノ王（バジリスク）は部屋全体に毒を放つと、毒の装甲が剝がれて弱点が露出するという体質を持っている。

毒蜥蜴ノ王（バジリスク）が再び毒をまとう前なら攻撃が通りやすい。

「お前ら、今のうちに全力で攻撃しろ!!」

リーダーのかけ声に合わせて全員で攻撃を開始する。毒蜥蜴ノ王（バジリスク）にダメージを与えた途端、怯（ひる）んでいた。その隙にパーティーのみんなが攻撃する。

僕もその攻撃に交じって一緒に戦った。

「みんな、さっきの全体攻撃がくるよ!!」

毒蜥蜴ノ王（バジリスク）が毒の装甲をまとってからしばらくして、再び全体攻撃をしようとしていた。

今度は僕の警告を聞いてくれた。

みんな、僕に続いて壁に武器をひっかけて体を地面から浮かせる。重い武器と装甲をつけているアルセーナくんと弓使いのダリオンさんは、うまく毒から逃れることができなかったが、解毒剤を渡すことで大事には至らなかった。

この調子なら、問題なく毒蜥蜴（バジリスク）ノ王を倒すことができそうだ。

◁◁◁◁◁

レベルが上がりました。

▷▷▷▷▷

毒蜥蜴（バジリスク）ノ王が倒れた途端、レベルが上がったことを知らせるメッセージが届いた。

レベルが上がるのに必要な経験値は貢献度に応じて入る。僕も攻撃に多少は参加したので、経験値をもらうことができたようだ。

「アンリ、お前本当は強ぇじゃないか……！」

真っ先にアルセーナくんが僕のところに飛び込んできた。

「あはは……」

僕は苦笑いをするしかなかった。『永遠のレベル1』の僕がどうして強くなったのか聞かれたら困ると思ったから。

「アンリ、やるじゃない!!」

それからイオナさんが近寄ってきて、嬉しそうに僕の肩を叩いた。

「あなたの活躍がなければ、今頃パーティーは全滅していたかもしれないわよ！」

「大げさですよ。僕はただ解毒剤をみんなに配っただけで」

「それのなにが大げさっていうのよ！」

「そうだぜ！　アンリはもっと誇っていいと思う！」

イオナさんとアルセーナくんがそれぞれ僕のことを持ち上げてくれる。少しだけ嬉しいかも。冒険者をやってきて、こんなふうに誰かに褒められることなんかなかった。

僕も以前に比べたら強くなったんだと実感ができる。

「ほら、リーダーもお礼を言わなきゃ」

イオナさんがリーダーの肩を叩いて僕の前に誘導する。

「お、お前の力なんか借りなくても本当は毒蜥蜴ノ王（バジリスク）ぐらい倒せたんだからな!!」

リーダーは人差し指をわなわなと震わせて、そう指差した。

すると、イオナさんは呆れた様子でため息を吐いた。

「これだからリーダーは。ごめんね、アンリ。彼、捻くれているから」

「お、俺が捻くれているってどういうことだ!?」

「いや、そのままの意味よ。そうじゃないんだったら、お礼ぐらい言いなさいよ」

イオナさんに指摘されると、リーダーは唇を噛（か）んで悔しそうにこう告げた。

「あ、あああありがとう……」

プルプルと拳を震わせながらリーダーはそう口にした。

それを僕は苦笑して受け止める。

「だが、お前は『永遠のレベル1』のはずだ！　なんで、あんなに動ける。おかしいだろ！」

うっ、そこを突っ込まれるとは。できれば、僕が強くなった理由は隠しておきたい。まぁ、仮に壁抜けのことを説明しても信じてもらえない気がするけど。

「まぁまぁ、リーダー、助けてもらったのに、その態度は失礼でしょ」

と、イオナさんがリーダーのことをたしなめてくれる。

「そうだ、リーダー。せっかくだしアンリを俺たちのパーティーに入れたらどうだ？　ちょうどもう一人メンバーを探していただろ」

「確かにそうね。アンリが強いことはわかったし、ちょうどいいんじゃない」

「い、いや、『永遠のレベル1』を入れるのは流石にどうかと……」

アルセーナくんとイオナさんが僕をパーティーに入れようとしてリーダーが渋りだした。

とはいえ、僕はソロで活動したいので、パーティーに加入するのは勘弁願いたい。

「ごめんなさい！　僕もまだしばらくはソロで活動したいので。勧誘はありがたいですけど」

ここはちゃんと主張しないと、というわけで僕は大きな声をあげた。壁抜けがある以上、僕はしばらくソロでいたかった。

「それなら仕方がないわね」

と、納得してくれたようで、パーティー勧誘についてはこれ以上されることはなかった。

それから毒蜥蜴ノ王（バジリスク）の素材を皆で回収する。

回収した素材は僕にも一部手渡された。貢献してくれたお礼ということらしい。なんだかんだこのパーティーの面々はいい人たちだったなと思う。ギジェルモのせいでパーティーにはあまりいい感情がなかったが、こういうパーティーならいつか加入してもいいのかもしれない。

そして、僕にとってはこのダンジョンに来た目的である報酬エリアへと行く。

ここの宝箱を開けると、人数分の〈結晶のかけら〉が入っているはず。

「ここの初回クリア報酬って、〈結晶のかけら〉だったわよね。確か、一つだけ集めても意味がないアイテムだから外れって言われているんだっけ」

「あぁ、しかも譲渡不可のアイテムだ。市場に出回っていないから、集めようがないんだよ」

「あれ？　でも、ここの初回クリア報酬って人数分入っていたはずよね。だったら、一人が〈結晶のかけら〉を独占するのってダメなの？」

「いや、ダメだ。〈結晶のかけら〉は一人一つだけ。他のパーティーメンバーにも譲渡できないようになっているんだよ」

「それすらダメって、ホント外れのアイテムね」

イオナさんとリーダーが〈結晶のかけら〉について話し合っていた。確かに、通常の方法なら〈結晶のかけら〉を複数個集めることはできない。

けど、僕は壁抜けを使ってすでに百二十四個の〈結晶のかけら〉を集めている。あと一つ揃えば、とんでもない効果を発動できると思うと、さっきからウキウキがとまらない。とはいえ、こんなことみんなにバレたら大変だ。表情に出ないように我慢しないと。

「いや、リーダー。〈結晶のかけら〉を複数集める方法が一つだけあるんだぜ」

ふと、槍使いのテオさんが言葉を発した。

そういえば、毒蜥蜴ノ王(バジリスク)を倒す前、彼は饒舌(じょうぜつ)だったのに、倒した後から彼の声を聞いてないような気がする。

そんなことを思いながら、テオさんのいる方向に振り向く。

「おい、どうした⁉　ダリオン……‼」

リーダーが絶叫していた。よく見ると、テオさんの足下で弓使いのダリオンさんが倒れていた。

「大丈夫か⁉」

アルセーナくんがそう言って、倒れたダリオンさんのもとへ駆け寄ろうとする。

そのアルセーナくんにテオさんが槍を振るった。

「へぇ、この攻撃を防ぐか」

アルセーナくんが大盾で防ぐと、テオさんはそう呟く。

「ちょっと、なにしてんの⁉」

イオナさんの疑問にテオさんは冷静に答えた。

「なにって、まだわからないのか？　仕方が無い、説明してやるか。いいか、アイテム〈結晶のかけら〉は一つだけ持っていても意味がない。だがな、〈結晶のかけら〉は五つ集めたとき、とんでもない効果を発動するんだぜ。だが、普通にこのダンジョンの初回クリア報酬を手に入れても〈結晶のかけら〉は一つしか手に入らない。しかし、ある特殊な方法を使えば、〈結晶のかけら〉を五つ手に入れることができるのを俺は知っているんだ」

「そんな方法あるはずが――」

「お前らを殺せば、〈結晶のかけら〉が五つ手に入る」

瞬間、ゾワッと鳥肌が立つ。殺意を感じてしまったのだ。

そして、ようやっと気がつく。ダリオンさんが倒れたのはテオさんが槍で刺したからだ。その証拠に、テオさんの持っている槍には血がついていた。

テオさんはというと、「いや、一人増えたから六つ手に入るのか。まぁ、俺が欲しいのは五つだけだったが」と独り言のようなことを呟いてた。

「ともかく、ボスを倒してから初回クリア報酬の宝箱を開けるまでにお前らを殺さないと、五つの初回クリア報酬が手に入らない」

まさか、そんな方法があったなんて、僕は思いもしなかった。

「それじゃあ、悪いがお前らには死んでもらう」

そう言って、テオさんはアルセーナくんに槍を振るった。アルセーナくんは大盾を使って応戦するも実力に差があったようで、一瞬で制圧されてしまう。

「てめぇええぇッッ!!　ふざけんじゃねぇぞぉおおおッッ!!」

激昂(げきこう)したのはリーダーだった。

「俺たちは仲間じゃねぇのかよ‼」

「仲間だって、くだらない。俺は今日のために仲間のフリをしていただけさ。一度だって、お前のことを仲間なんて思ったことはないね！」

「じゃあ、てめぇは最初から裏切るためにこのパーティーに入ったのか」

「あぁ、そうだよ！　いつこのことがバレないか内心ビクビクしてたんだぜ！」

テオはせせら笑う。

「最低ッ‼」

「イオナ、俺が最低だって。随分とお子ちゃまな考えだな。ここガラボゾの町は金と暴力が支配する町だぜぇ！　そんな甘い考えでは、この町では生き残れねぇよ！」

金と暴力の町か。確かにその通りだと、自分の過去を思い出しながら思った。

「お前らは手を出すなよ。このクズ野郎は俺がこの手で成敗してやる」

リーダーは僕とイオナさんに向かってそう言うと、剣を握ってテオさんに突撃した。

「てめぇは俺がぶちのめす！」

「威勢で勝てると思うなよ、リーダー‼」

それから、テオさんとリーダーはそれぞれの武器で戦い始める。

「おかしい……」

ふと、隣にいたイオナさんがそう呟いた。

「テオのレベルはリーダーよりも低いはず。なのに、なんでリーダーと互角に戦えるの⁉」

確かに、テオさんとリーダーの戦いはテオさんのほうがわずかに上回っている気がする。

「もしかすると、レベルを偽装していたのかもしれないですね」

僕はそう言う。

レベルを偽装するのは珍しいことではない。特に犯罪者がよくやる手口だ。

「気をつけて！　そいつ、レベルを偽っているわ‼」

僕の話を聞いたイオナさんがリーダーに大声で伝える。

「あー、やっぱバレるか」

「お前、レベルまで偽っていたのか⁉」

「そうだぜ。せっかくだし、もう少し本気を出すか」

そう言って、テオさんはある言葉を口にした。

「〈旋風乱舞(フューリー・ダンス)〉」

瞬間、テオさんのスピードが異様に上がる。その上、壁や天井を蹴っては縦横無尽に移動する。

「あっはははははっ、俺の動きについてこられるか、リーダーッッ‼」

テオさんは笑いながら、リーダーへと飛びかかる。

「うるせぇ！　俺だってスキルを使えるんだぜッッ‼　〈剛力断ち(パワー・スマッシュ)〉‼」

そう言ったリーダーはスキルで強化した剣撃を繰り出す。

ひらり、とテオさんが攻撃を華麗にかわす。

そして、グサリとリーダーの脇腹辺りを槍で突き刺した。途端、勢いよく血が噴き出る。

「もう見てらんないッ‼」

イオナさんがそう言って、剣を片手に飛びかかった。今、テオさんはリーダーのほうを向いており隙だらけだ。これなら攻撃が通るかもしれない。

「〈蝶の舞〉‼」

スキルで素早さを増したイオナさんの剣撃がテオさんに当たろうとした。

「え？」

そう声を発したのは、イオナさんだった。

というのも、本来テオさんに当たるはずだった剣は空気を意味も無く斬っていた。どうやらテオさんは彼女の攻撃が見えていたらしい。

「ごふッ」

と、イオナさんが呻き声をあげる。というのも、テオさんがイオナさんに蹴りを加えたからだ。

蹴られた彼女はそのままダンジョンの壁に激突する。

「雑魚のくせに戦いの邪魔をするなよ。別にお前を先に殺してもいいんだぜ」

「ひぃ……ッ‼」

イオナさんが悲鳴をあげる。テオさんが槍を手にゆっくりと近づいてきたのだ。

そして、彼は槍をイオナさんに振り下ろした。

カキン、と金属音が響く。

「あぁ、そういえばお前がいたな」

「アンリ……ッ‼」

テオさんが面倒そうに呟いて、イオナさんが僕の名前を呼ぶ。

リーダーが手を出すな、と言っていたから様子見をしていたけど、流石にそうも言っていられない状況だったから、短剣で彼の攻撃を防いだのだった。

「アンリ‼　てめぇが勝てる相手じゃねぇ‼　下がってろ‼」

リーダーがそう言って立ち上がろうとする。けど、彼は痛みで苦悶(くもん)の表情を浮かべていた。

「そうだよ、アンリ……ッ‼　ここは俺たちに任せてくれ」

アルセーナくんもなんとか立ち上がろうとする。よかった。彼はまだ生きていたらしい。

「そ、そうよ‼　アンリ、あなたは下がっていなさい‼　私が戦うから……！」

イオナさんはそう言うも、全身が震えていてまともに戦えそうにない。

どいつもこいつもうるせーな、とテオさんは頭を掻きながら口を開いた。

「俺が欲しい〈結晶のかけら〉は五つだけだ。だからアンリ、てめぇはこのことを黙っていると約束するなら見逃してやってもいいぜ」

テオさんはニタニタと笑みを浮かべていた。

もし、以前までの弱い僕ならこの提案に乗ったかもしれないな。けど、今の僕はあの頃とはもう違う。

「その必要はないですよ。今の僕はもうレベル1じゃないので」

そう言うと、テオさんは腹を抱えて笑い出した。

「だから、なんだよ！　確かに、少しは強くなったのかもしれないけどよ、雑魚のお前が多少努力したところで俺に勝てるわけないだろぅ!!」

そう言って、彼は槍を振るった。

才能のあった彼は周りより順調にレベルを上げていたが、急にレベルの上がりが鈍くなったのだ。

普段のテオなら無視していたが、ちょうどこのとき彼は行き詰まっていた。

「とっておきのいい話があるぜ、旦那」

ある日、怪しい身なりをした男に話しかけられた。ガラボゾの町には、こうやって情報を売って稼いでいる輩がいる。けれど、大半は詐欺師のようなもので値段の割には大した情報ではない。

ゆえに、焦っていた彼は情報を買うことにした。

手に入れた情報は〈結晶のかけら〉が五つも手に入るという魅力的なものだった。

五つ手に入れるには冒険者を殺さねばならないが、彼は殺すことに罪悪感を覚える類いの人間でなかった。

仲間を殺さなくてはいけない都合上、自分よりレベルの低い者を仲間にする必要がある。だから、レベルを偽装し、パーティーに加入した。

それから、二ヵ月ほど彼らと共にダンジョンを攻略して信頼を得て、ついに今日このときがきたのだ。

アンリがパーティーに加入するというイレギュラーが起きたが、彼は『永遠のレベル1』として非常に有名な冒険者だ。

だから、なんの支障もない。

「死ねぇッッ!!」

テオは叫びながらアンリに対して、槍を思いっきり突き出す。〈旋風乱舞〉というスキルで敏捷を大幅に上昇させている今、このスピードについてこられるはずがない、と思いながら。

ヒュン、と空を切る音がした。

「あ?」

一瞬、目の前で起きた現象を理解できなかった。というのも、勢いよく突き出した槍をアンリが避けたのだ。

運の良い奴め、と思いながらもう一度突く。まさか、偶然が二回も起こるはずがないと思いながら。

ヒュン、と再び空を切る音が聞こえる。

おかしい、と思いつつ、もう一度突く。

それから、テオは攻撃を何度も繰り出した。しかし、何度試そうとすべての攻撃を避けられてしまった。

なんで俺の攻撃が当たらねぇ……!? と、テオは異常事態に気がつく。

まさかアンリには俺の攻撃が見えているのか、と。

「死ねぇぇぇぇぇッッ!!」

叫びながら、全力で槍を振るった。この攻撃なら回避することができない、と確信しながら。

「は……？」

一瞬、なにが起きたのか理解できなかった。というのも、アンリが目の前にいなかったのだ。

「僕はこっちですよ」

いつの間に⁉　と、思いながら後ろに振り向く。すると、そこには短剣を構えたアンリがいた。

とっさに槍を構えて、攻撃を受け止めようとする。けれど、体勢が万全ではないせいで十分に攻撃を受け止めきることができず、そのまま後ろへと吹き飛ばされてしまった。

「驚いたぜ。まさか、最弱と呼ばれていたてめぇがここまで動けるとはなぁ!!」

「……そういう話はいいですから。早くやりましょうよ、続き。僕のこと殺すんですすよね」

「――――ッ⁉」

ゾクッと鳥肌が立つ。

アンリのなにかを悟ったかのような瞳に緊張を覚えたのだ。まさかこの俺がビビっているのか、とテオは自問自答する。

「なぁ、アンリ。後学のためにてめぇのレベルを教えてくれよ」

「34ですけど」

なんだ想像以上に低いじゃねぇかよ、とテオは歓喜した。

「あはははっ、ビビって損したぜ。せっかくだし、俺のレベルを教えてやるぜ。俺のレベルはなぁ、58もあるんだぜ」

「嘘……、そんなにあるの？」

イオナがそう呟く。彼らには自分のレベルを30と伝えていたんだった、とテオは思った。

「俺のレベル、高いだろう？　ビビったかぁ？　だが残念！　今更命乞いしてももう許さねぇからなぁ！　お前ら全員、処刑確定なんだわ」

そう言って、テオはあろうことか槍を自分の胸に突き刺す。

一見意味不明な行動に、見ていた者全員が驚きの表情を浮かべている。

「あひゃひゃひゃっ‼　アンリ、てめぇはこの俺の全力で殺してやるよ！　感謝しろ！」

そう言って、彼は唱えた。スキルの名前を。

「〈紅蓮武装(グレナダ・アームズ)〉」

瞬間、彼の全身が血でできた黒い装甲に覆われる。このスキルは血の装甲を全身に纏うことですべてのステータスが大幅に強くなるテオのとっておきのスキルだった。血を消費するため長時間使うことはできないが、その分破壊力はすさまじい。このスキルを使って、今まで負けたことなんて一度もない。

「それじゃあ、死ねやぁ‼」

テオは槍を手に突撃する。さっきまでの彼とは比べものにならないぐらい速い‼

「アンリ……ッ‼」

イオナがそう叫んでいた。

対して、アンリは冷静にテオの攻撃を見ていた。

「〈回避〉」

瞬間、彼はその場から消え失せた。

おかしい、とテオは感じた。今度は見逃さないように、目をこらしていたはずだった。なのに、なんで彼の動きを追うことができないんだ。

トン、と着地する音が真後ろから聞こえた。振り向くと、アンリがそこに立っていたのだ。

ビュッッ‼　と、血が噴き出る音が聞こえた。それが自分の腕から出たものだと気がつくのに数秒ほど時間がかかった。

「…………は？」

一体なぜ？　と、テオは困惑する。〈紅蓮武装(グレナダ・アームズ)〉による血の装甲は簡単には貫けないはず。なのに、自分は今こうして血を流している。無意識のうちに、もう片方の手で傷口を覆い隠すも、血の流れはとまらない。

もしかして、自分は圧倒的な強者に喧嘩を売ってしまったんじゃないのか？　という疑念が湧いた。

「おい、や、やめてくれぇ‼　俺がわ、悪かったからさ‼」

テオは慌てる。

けれど、アンリはゆっくり近づいてくる。

恐怖を覚えた。テオの目にはアンリがとんでもない化け物に映っていた。逃げようにも腰が抜けて立つことすらできない。

「お、お前のようなガキにこの俺を殺せるはずがない。そうだ、普通の人間は人を殺すのに躊躇するんだ！　だから、お前は俺のことは殺せない。そうだよなぁ⁉」

すがるような思いでテオは絶叫する。

アンリには人を殺す事ができないと自分に言い聞かせているようだった。

「人なら殺したことありますけど」

アンリがそう呟く。

その表情は肝が据わっていて人を殺せる者にしかできない目をしていた。

なんなんだ、こいつは⁉　と、テオは内心絶叫した。もしかしたら、こいつは自分の想像を超えるような修羅場を経験したのかもしれない。

「や、やめろぉおおおおおお‼　こっちに来るなぁああああああああ⁉」

槍を振り回しながら応戦しようとするも、手が震えてまともに振るうことが出来ない。

「死ね」

一瞬で近づいてきたアンリが短剣を首へと突きつけてくる。

「――――ひぃ‼」

叫んだと同時に、テオの意識は暗転した。

◆

「ふぅ」

と、安心した僕は息を吐いた。

短剣を突きつけただけで、テオさんは泡を噴いて気絶してしまった。元々殺すつもりはなかったけど、気絶してくれたおかげで必要以上に傷つける必要がなくなり、手間が省けた。

結果的にアルセーナくんたちについていったことで、死ななくていい人を救うことができてよかった。

ふと、異様な視線を感じた。

リーダーたちが僕のことをじっと見つめていた。もしかしたら、やりすぎたのかもしれない。

『永遠のレベル1』だった僕がこんなふうに戦ったら驚いてしまうのは無理もないか。僕に対して恐怖を覚えてもおかしくない。

「アンリ、あなたすごいわね!!」

「アンリ、すごいじゃねぇかよ!?」

イオナさんとアルセーナくんが同時に賞賛してくれた。

え？　と、驚く。どうやら僕は大きな勘違いをしていたらしい。

「本当の本当にすごいわね！　私、人生でこんなに驚いたの初めてかも!!」

その上、イオナさんが僕のところまで駆け寄ってきて賞賛してくれる。

「俺もめちゃくちゃ驚いた！」

アルセーナくんもそう言いながら、立ち上がろうとしてフラつく。彼は大きな怪我をしていたんだ。無理しないで、と僕が彼を支えた。

それから怪我した面々に回復薬を渡して治癒させていく。一番重傷を負っていたダリオンさんも命までは奪われていなかった。まだ目覚めてはいないが、回復薬を使えば、そのうちに目を覚ますだろう。

「ひとまず、テオのことは私たちのほうでギルドに報告させてもらうわ」

イオナさんがそう告げる。ガラボゾの町は治安が悪いが、どんな犯罪でも許されるわけではない。恐らくテオはギルドを経由して衛兵に引き渡されるだろう。今後、彼は冒険者として活動することが難しくなるはずだ。

「それで改めてだけど、ありがとうアンリ。あなたのおかげで助けられたわ！」

「あぁ、本当助かったよ！　ありがとうアンリ！」

イオナさんとアルセーナくんがそれぞれお礼を言う。

「いえ、僕はそんな大したことしてないので」

褒められることに慣れてないからか、照れくささからか、僕は思わずそんなことを言ってしまう。

「もう、そんな謙遜なんてしなくていいのに。ほら、リーダーもお礼を言いなさいよ」

さっきまでずっと不機嫌そうに黙っていたリーダーへ話を振る。

「お、おおおおおれはお前のことまだ認めないからな!!」

　あいかわらずリーダーは拳を震わせながらそう告げた。

「恩人に対して、その態度は失礼でしょ！　ほら、お礼を言いなさい」

　コテン、とイオナさんがリーダーの頭を叩いた。

　まるで母親と息子の関係みたいだな。

「あ、ありがとう、アンリ……」

　観念したのかリーダーは顔を真っ赤にしながらそう告げた。

「いえ、どういたしまして」

　こんなふうにお礼を言われるとやっぱり恥ずかしいな、と思いながら僕はそう告げた。

「アンリ、この俺を殴れ」

「へ……？」

　唐突に、リーダーが意味不明な提案をしてきた。

「お前は攻撃力が低い無能なはずだ！　だから、お前に殴られたって本当は痛くないはずだ！　その証明として、この俺を殴れ！」

　説明されても、やっぱりよくわからない。

「リーダー、やめてよ、恥ずかしいから……」

　イオナさんが頭を抱えていた。

「いいや、アンリの攻撃力が低いことをこの身で証明するまで、俺は引かないぞ！」

　血走った目を見開いて、リーダーはそう主張する。もう、ここまでくると狂気だ。

「はぁ」と、諦めた様子のイオナさんが僕に対してお願いをした。

「リーダーがこうなったら、もう誰にも止められないから、殴ってあげて」

「俺からも頼む、アンリ。うちのリーダーは頑固だからさ」

と、アルセーナくんからもお願いされた。

「わ、わかったよ」

よくわからないけど、とりあえず殴ればいいのだろう。

「手を抜くなよ」

念を押すようにリーダーがそう言う。

僕は頷く。そして、全力でリーダーの頬を殴った。

「うがッ」

リーダーはうめき声をあげながら、後方へ倒れた。

そして、涙まじりにこう口にした。

「ちゃんと、いてぇじゃねぇかよ……」

どうやら、僕のパンチはそれなりに効いたらしい。

◁◁◁◁◁◁

アンリ・クリート　14歳　男
レベル：34

ＭＰ：１２２
攻撃力：１１２
防御力：１１１
知　性：１０３
抵抗力：１０２
敏　捷：１２４２
スキル：〈回避〉〈剣技〉〈必絶ノ剣〉〈鑑定〉

▷▷▷▷▷▷

十話　もっともっと大きな結晶

「これで、全部揃ったー！」

家に帰った僕はウキウキの気分だった。

「うざいほどにテンションが高いですね」

苦言を呈したのは、隣にいる名称未定だ。

実際、僕は今、最高潮にテンションが高い。

なんせ、これでやっと百二十五個目の〈結晶のかけら〉を集めることに成功したからだ。

あれからアルセーナくんたちのパーティーと報酬の取り分をどうするか話し合った。

とはいえ、僕がどうしても欲しかった〈結晶のかけら〉は人数分手に入るので、難なく手に入れることができた。

その上、僕に助けられたからと毒蜥蜴ノ王（バジリスク）の素材も持って行ってくれと言われてしまった。断ったけど、みんなを助けた僕が受け取るべきだと向こうが譲らなかったので、ありがたくもらい受けることにした。

そんなことより、今は〈結晶のかけら〉である。

「なんなのですか？　これは」

床に並べた、大中小様々な結晶を見て名称未定がそう口にする。

「いいことが起きるなにかだよ」

ふっふっふっ、と自慢げに言ったが、伝わらなかったようで彼女は首を傾げていた。

◁◁◁◁◁◁
五つ目の〈もっと大きな結晶〉の入手を確認しました。
五つの〈もっと大きな結晶〉は合成され、〈もっともっと大きな結晶〉になりました。
▷▷▷▷▷▷

目の前で結晶たちが重なり合い、そして抱えないと運べないぐらい大きな結晶になる。

しかし、名前が〈もっともっと大きな結晶〉って流石にテキトーすぎやしないか。

ともかく〈もっともっと大きな結晶〉の効果を〈鑑定〉してみる。これで、再び『集めると、もっともっともっといいことが起きる』みたいなことが書いてあったら、流石にキレるかもとか思いながら。

◁◁◁◁◁
〈もっともっと大きな結晶〉
使用すると、究極的にいいことが起きる〈譲渡不可〉。
▷▷▷▷▷

どうやら、もう集める必要はないらしく、よかったー、と安堵する。もう、ベネノダンジョンはクリアしてしまったから、壁抜けを使っても集めることができないしね。

「それじゃあ、早速使おうか」

念じた瞬間、〈もっともっと大きな結晶〉は光を放ち始める。

まぶしいっ。あまりのまぶしさに耐えきれず、腕で両目を覆った。

そして――

「本？」

目の前にあったのは一冊の本だった。すでに、結晶は失われているから、この本が説明に書かれていた『究極的にいいこと』なんだろう。

◁◁◁◁◁◁
称号〈結晶を集めし者・極〉を入手しました。
▷▷▷▷▷▷

「えっ」

唐突に現れたメッセージに驚く。

まさか称号が手に入るなんて。

称号は困難ななにかを達成することでまれに手に入るものだが、自分には縁のないものだと思っていた。

この称号も説明に書かれていた『究極的にいいこと』の一つなんだろうか。

色んなことが起きて頭が混乱しているが、ひとまず目の前の本の正体を探ることからだろう。

本といえば、今まで〈習得の書〉や〈極めの書〉には大変お世話になった。この本もそれらと恐らく同種。

早速、手にとって説明が書かれているメッセージを確認してみる。

◁◁◁◁◁◁
〈習得の本・極〉

持ち主に最も適したスキルを習得できる〈譲渡不可〉。

▷▷▷▷▷▷

「えっと……」

新しいスキルが手に入ることは予想していたが、この文言はどういうことだろう。僕に適したスキルをこの本が探してくれるということなんだろうか。

「まだ、終わらねーのですか？　早く夕飯にしたいのですけど」

ふと、名称未定が急かしてくる。「ごめん、今やるから」と謝りつつ、僕は本を開いた。

すると、〈習得の本・極〉は宙に浮き、自動でページをめくり始める。

◁◁◁◁◁◁

本人に適したスキルを検索しています。

検索終了、スキルの習得中です。

予期せぬエラーが発生しました。

問題を検出しています。

見つかった問題：一定のレベルに達していない。

制限をかけることで問題の解決を図ります。

〈封印〉を習得しました。

「どういうこと⁉」

思わずすっとんきょうな声を出してしまう。

おかげで、名称未定から「うるさいです」と野次が飛んだ。

よくわからないけど、スキルの習得に失敗したみたいだ。

とりあえず、慌ててスキルの確認を試みる。

◁◁◁◁◁◁

〈封印〉

封印されたスキル。

今はまだ使えない。

▷▷▷▷▷▷

嘘だろっ、と思わず空を仰ぐ。

これだけ苦労させられた結果がこれとか、流石に納得がいかない。

とか、思っていたとき、ピコンと新しいメッセージが表示される。

◁◁◁◁◁◁
〈封印〉の習得に伴い以下のスキルを習得しました。
〈魔力操作〉
〈アイテムボックス・特大〉
▷▷▷▷▷▷

「えっ！」

よくわからないけど、二つのスキルが手に入った。

しかも、〈魔力操作〉と〈アイテムボックス・特大〉とかめちゃくちゃいいスキルじゃん！

〈魔力操作〉は魔法を覚えるのに必須なスキルだし、〈アイテムボックス〉はたくさんの物を異次元に収納できるスキルだ。

特に〈アイテムボックス〉なんて、持っているだけで重用されるようなスキル。その上、特大って、小でもすごい有能扱いされるのに。

今まで、持ちきれなくて諦めていた素材もこのスキルがあれば解決だ。

「やったぁあああ！」

全身で喜びを噛みしめた。

その様子を「よかったですね……」と名称未定が冷めた表情で見ていた。

ちなみに、手に入れた称号〈結晶を集めし者・極〉の説明はこんな感じだった。

◁◁◁◁◁◁
〈結晶を集めし者・極〉
極めて多くの〈結晶のかけら〉を集めた者に与えられる称号。
この称号を手にした者は今後〈結晶のかけら〉を集めても効果を得ることはできない。
▷▷▷▷▷▷

つまり、『もう〈結晶のかけら〉を集めても意味ないからな』ってだけの効果らしい。まぁ、すでに満足したたし、なんでもよかったんだけどね。

十一話　次なるダンジョンとパーティーの勧誘

そもそも、なんで〈魔力操作〉と〈アイテムボックス・特大〉を習得できたのだろうか？

メッセージでは『〈封印〉の習得に伴い』とか書かれていたけど。

もしかすると、この二つのスキルは〈封印〉となんらかの関係があるスキルなのかもしれない。

まぁ、これ以上〈封印〉について考えても仕方がないか。

とりあえず、注目すべきは〈魔力操作〉だろう。

〈魔力操作〉はＭＰを魔力に変換し、自在に操ることで魔法を使えるようになるスキルだ。

その魔法を覚えるには、〈魔導書〉がいる。

「よしっ、〈魔導書〉を買いに行こう！」

と思っても簡単には買える値段じゃなかった。

確か値段は七百万イェールだったはず。

以前、金策に使っていたプランタダンジョンの初回クリア報酬は二万イェール。

単純計算で、三百五十周する必要がある。

流石にやっていられない。

もっと、効率的に金策ができるダンジョンがあればいいんだろうけど。

それに、今は〈アイテムボックス・特大〉がある。これを活かさない手はない。

「とりあえず、冒険者ギルドに行こうか」

◆

冒険者ギルドに行き、真っ先に異変に気がつく。

みんな僕が入ってきた瞬間、ヒソヒソと囁(ささや)き始めたのだ。まるで、僕の噂話をしているかのように。

気にしても仕方がないと思いつつ、ダンジョンの情報が書かれた掲示板のほうに行く。

「さて、いいダンジョンがあればいいのだけど」

今の僕はレベルが34になったことだし、行けるダンジョンは増えたと思うけど。

「ふむ、必ずしもお金稼ぎをしないといけないわけでもないのかな」

と、あるダンジョンを見ながら、僕はそう呟く。

ただ、このダンジョンに行くには少し準備が必要だな。

「やぁ、少年。最近、景気がいいみたいじゃないか！」

見上げると、背が高く筋肉質の冒険者が立っていた。

「えっと、なんの用でしょうか？」

話しかけられたことに嫌な予感を覚えつつ、そう口にした。

「『永遠のレベル1』のはずの少年が毒蜥蜴ノ王（バジリスク）を倒すのに一役買ったと聞いてな。どうして、そんなことができたか、直接聞きにきたというわけだ」

あー、やっぱりか。

毒蜥蜴ノ王（バジリスク）を倒したのは昨日のことだが、もう噂が広まっていたか。

僕がギルドに入った瞬間、彼らが噂話を始めたのも、このせいかもしれない。

恐らくアルセーナくんたちのパーティーの誰かが話したか、毒蜥蜴ノ王（バジリスク）の素材を換金したところを見られたのだろう。

もし、パーティーの誰かが喋（しゃべ）ったとしても、別に黙っていてくれ、と頼んでいたわけではないので、咎めるつもりはない。

それに、いつかこういう日が来るだろう、と覚悟していた。

今まで、壁抜けのことがバレないように『永遠のレベル1』のフリをしていたが、毒蜥蜴ノ王を倒したことに限らず、何度もギルドやダンジョンに出入りしているところを人に見られている。

いつか、レベル1のフリをするのも限界が来ると思っていた。

「えっと、実を言うと、レベル1はもう卒業したんです」

僕は作り笑いを浮かべながらそう口にする。

「ほう、それは大変喜ばしいではないか。しかし、『永遠のレベル1』の少年がどうやってレベル上げをしたんだい？」

僕がレベル1のとき、モンスターを倒せないほど攻撃力が低かったのは有名だ。

もちろん、こんな風に聞かれるのは当然だろう。

どうしよ……うまく言い訳をしないと。

「えっと……剣を使って、低い攻撃力を補ったんですよ」

「ほう？　だが、少年は〈剣技〉に限らず、武器の加護を得るようなスキルは持ってなかったような？」

「そ、それは勘違いなんですよ。実は〈剣技〉を持っていて、ほら、僕が今使っている〈蟻の短剣〉です。ほら、ちゃんと剣の加護を得ることができるんです」

と、〈蟻の短剣〉を見せびらかしながら、そう説明する。

どうだろう……。うまく、ごまかせたかな？

「なるほど、そうだったのか！　じゃあ、今の少年のレベルはなんぼなんだ？」

「えっと、30近くです」

嘘をついても仕方がないと思い、正直に言う。

「30だと？　随分と、レベル上げが速いんだな！」

まぁ、格上のモンスターばかり倒しているから、他の人よりはレベル上げの速度は速いだろう。

「よしっ、少年、俺たちのパーティーに入りたまえ！」

と、男は僕の背中を叩きながらそう口にした。

「は？」

「それだけのレベルがあるなら、俺たちのパーティーでも十分やっていけるはずだ！　あぁ、自己紹介がまだだったな。俺はゲオルグ、これでもパーティーのリーダーをやっている」

とか、自己紹介されても困る。

パーティーに入るつもりなんて一切ないんだから。

「おーい、お前らもこっちに来い！」

と、ゲオルグさんが誰かを呼び始める。

恐らく他のパーティーメンバーを呼んでいるんだろう。

「あのっ、すみません！」

話に流されないように、できる限り大きい声を出した。

だが、想像以上に大きな声量だったようで、部屋中に響いてしまい、ギルド内が静まり返っていた。

そのことに羞恥を覚えつつ、僕は言うべきことを口にする。

「お誘いはありがたいんですが、僕はパーティーに入るつもりはありません。だから、ごめんなさい」

頭を下げながら、僕はそう主張した。

「どうしてなんだい？　普通、冒険者というのはパーティーで行動するもんだぞ。なにかソロで活動したい理由があるのかな？」

本当は壁抜けをするには、ソロでないと困るからだけど、そう言うわけにいかない。

だから、うまい言い訳をしないと。

「い、以前のパーティーでいい思い出がなかったので、少し人間不信になってしまったというか……」

うん、実際ギジェルモたちのせいで、他人に対して苦手意識を持っているのは本当だし、これなら納得してもらえるかな。

「そうか、少年はあのギジェルモの……」

と、ゲオルグさんは僕がギジェルモのパーティーにいたことを知っていたようで、察したような顔をする。

「それは悪かった、少年！　ならば、その傷が癒えたとき、パーティーを組もうじゃないか！」

「ありがとうございます……」

そう言われても、パーティーを組むつもりはないが、一応お礼は言っておくことにした。

◆

アンリが冒険者ギルドを出たあと、ゲオルグは一人考え事をしていた。

「ボス、どうでしたか？」

横に槍を持った一人の女が立っていた。

それを追うように、何人もの冒険者が彼の周りに集まっていた。

「あの少年は嘘をついているな」

さっきまで快活そうな表情をしていたゲオルグは一転、冷酷な表情に様変わりしていた。

その変わりように、部下たちに鳥肌が立つ。何度も見てきたはずなのに。

「最初から〈剣技〉を持っていたというが、あれは嘘だろう」

「ええ、嘘でしょうね。〈剣技〉を持っていたら『永遠のレベル１』なんて噂が立つはずがありませんし」

そう、その通りだ。

しかし、彼が一人で何度もダンジョンを攻略しているらしいというのは、事実だろう。

そして、昨日毒蜥蜴ノ王（バジリスク）をパーティーに加わって倒したというのも。

このガラボゾの町は狭い。

噂なんて、すぐに広まる。

「捕まえて無理矢理吐かせましょうか？」

と、女の槍使いが提案するが、「やめておけ」とゲオルグは制する。

嫌な予感がしたからだ。

ギジェルモたち一味がいなくなって、半年が経とうとしていた。

遺体はまだ見つかっていないが、彼らは死んだと判断してもよい頃合いだろう。

じゃあ、誰が殺したんだ？

ダンジョンでモンスターに殺されるのはありえない。そんなヘマをするような男ではなかったはずだ。

「まさかな」

ふと、頭に浮かんだ可能性を否定する。

流石に、アンリの成長とギジェルモたち一味の失踪に関連性はないだろう。

アンリがギジェルモたちに虐められていたのは有名な話だ。だが、この町では弱肉強食が当たり前。

毎年、何人もの冒険者がダンジョンで死んでいるのだ。皆が自分の命を懸けて戦っている。だからこそ、弱い者は切り捨てられて当然。

だから、ギジェルモがいくら犯罪まがいのことをしようと、弱い者が悪いだけ。

その考えを、ゲオルグは否定するつもりもない。

なぜならゲオルグ自身、弱い者をたくさん切り捨ててきたのだから。

「しかし、ボス自ら少年に話しかける必要なんてあったんでしょうか？」

「そうかね？」

女の槍使いが言った言葉にゲオルグは首を傾げた。

「だって、あなたは三大巨頭の一人、ゲオルグ様なんですから、直接お手をわずらわせる必要なんてなかったでしょうに」

三大巨頭ね。

今は一人欠けたから、二大巨頭なんだけどな。

そんなことを考えて、ゲオルグは小さく笑った。

さて、この町はこれから一体どうなるんだろうな。

十二話　アレアトリオダンジョン

アレアトリオダンジョン。

D級。攻略推奨レベルは65の冒険者が六人。

随分と、難易度の高いダンジョンに来てしまったな、と思う。普通なら、レベル34の僕が一人で来るようなとこではない。

とはいえ、僕には異常に数値の高い敏捷がある。無理そうなら、逃げればいいだけだし、そう気負う必要もないだろう。

それに、このダンジョンの攻略に向けて装備を一新した。

まず、〈水晶亀（クリスタルタートル）の小盾〉。防御力はプラス３４０。以前、ギジェルモに奪われたのをやっと買い戻すことができたのだ。

今までは奪われるのを気にして、高い武具は買わなかったが、ギジェルモもいなくなったことだし、そろそろ身につけてもいい頃合いだと判断したのだ。

そして、武器のほうは〈黒鉄（くろがね）の短剣〉と呼ばれる短剣に一新した。良質な鉄鉱石から作られた短剣で攻撃力プラス２３０と、十分な優れものだ。

まぁ、〈水晶亀（クリスタルタートル）の小盾〉のプラス３４０に比べると見劣りしてしまうような気がするが、これ以上攻撃力が高い剣を買うのは金銭的に厳しいって理由と、〈水晶亀（クリスタルタートル）の小盾〉でないと、このダンジョンのボスモンスターの攻撃に耐えられないと判断したため、盾の性能のほうを優先させてもらったわけだ。


このアレアトリオダンジョンは非常に厄介なダンジョンだ。

まず、ボス部屋までいく道のりが長い。今までのＥ級ダンジョンなら、二十階層ぐらい下に潜れば辿（たど）り着けたが、このダンジョンは四十階層と倍の深さがある。

その間に、たくさんのモンスターと遭遇すると考えたら、厄介極まりない。

「グルゥウウ!!」

目の前からモンスターの唸(うな)り声が聞こえた。

「えっと……」

呟きながら〈鑑定〉を使う。

◁◁◁◁◁◁◁

〈巨大爪狼(ガラ・ローボ)〉

討伐推奨レベル：53

巨大な爪を持った狼(おおかみ)。俊敏な動きでその巨大な爪を振り回す。

▷▷▷▷▷▷▷

「ガウッ！」

巨大爪狼(ガラ・ローボ)が襲いかかってくる。

それを刹那でかわしつつ、短剣を突きつける。

「ん？」

と、困惑したのにはわけがあった。

短剣を突き立てたものの、攻撃が効いていなかった。

せっかく新しい剣を買って、合計の攻撃力を３４２まで上げたというのに。

〈必絶(ひっぜつ)ノ剣(つるぎ)〉を使うか？

いや、このレベル差なら〈必絶ノ剣〉を使っても確実に倒せるとは限らない。それなのに、ＭＰを大量に消費するのは避けたい。

「ガウゥ！」

再び、巨大爪狼が襲いかかってくる。

「よし、逃げよう！」

僕はモンスターに背を向けて逃げることにした。

できればモンスターを倒してレベルを上げたいが、一番の目的は初回クリア報酬だし、無理して倒す必要はない。

だから、より奥の階層に続く方向へ逃げることにしたのだ。

「って、すごい追ってくる！」

簡単に振り切れると思っていたのに、巨大爪狼が後ろから追ってきていた。

てか、巨大爪狼のほうが若干足が速い気が！

「どうしよ⁉」

このままだと追いつかれる。

今までなら、モンスターに追いつかれるなんてことなかったのに！

「ガウッ！」

見ると、前方に大きなモンスターがいた。

熊だ。鎧をつけた熊が通路を塞いでいる。

◁◁◁◁◁◁◁

〈鎧ノ熊（バグベア）〉

討伐推奨レベル：57

鎧に身を包んだ熊。大剣を振り回す。

▷▷▷▷▷▷▷

「うそでしょ⁉」

冷静に〈鑑定〉をしつつ、このままだと挟み撃ちにされる、という事実に戦々恐々とする。

「グァァアアアア‼」

と、鎧ノ熊（バグベア）は僕に狙いを定めて大剣を振りかざす。後ろには巨大爪狼（ガラ・ローボ）が襲いかかってきた。

まずい、と思いつつ、僕はスキルを発動させた。

「〈回避〉」

瞬間、体が加速し、鎧ノ熊（バグベア）の股をくぐり抜けるように、滑り込む。

グサッ、と鋭いものが刺さる音がした。

どうやら鎧ノ熊（バグベア）と巨大爪狼（ガラ・ローボ）はお互い攻撃の手を緩めることができなかったようで、それぞれの攻撃を受けるに至ったようだ。

だが、まだ安心はできない。

なぜなら、今から二体のモンスター相手に戦わなくてはいけないのだ。

短剣を握った右手から嫌な汗が流れる。

勝てるのか……？　この僕が。

だって、さきほど巨大爪狼（ガラ・ローボ）にまともに攻撃を加えることができなかったのだ。

しかも、逃げても意味がないときた。

「やるしかないか……」

それでも、僕は自分の心を奮い立たせて巨大なモンスター二体を相手に立ち向かう決意をした。

「あれ……？」

僕が首を傾げたのにはわけがある。

「グルゥ！」

「ガウゥ！」

と、雄叫びを上げながら、モンスター同士がいがみ合いを始めていた。

どちらも僕の存在を忘れてしまったのか、こちらには見向きもしないで戦っている。

「えっと……」

普通、モンスターって問答無用に人間を襲うもんだよね。

仲間割れなんだろうか？　よくわからない。

ただ、一つ言えることは——

「またとないチャンスだ……」

モンスターを無視して、前に進むという選択肢もあるが、せっかくなら漁夫の利を狙って、どちらも倒してしまいたい。そうすれば、レベルも上がるし素材でお金も儲かる。

鎧ノ熊（バグベア）のほうが優勢だな。

巨大爪狼（ガラ・ローボ）はすでに満身創痍（まんしんそうい）の一歩手前。

ならば、鎧ノ熊（バグベア）のほうを先に不意をついて倒してしまおう。

「〈必絶ノ剣（ひつぜつつるぎ）〉」

傷を負った今の鎧ノ熊（バグベア）なら、〈必絶ノ剣（ひつぜつつるぎ）〉を使えば一撃で倒せるだろう。

◁◁◁◁◁◁

レベルが上がりました。

レベルが上がりました。

▷▷▷▷▷▷

鎧ノ熊（バグベア）が倒れると同時に、レベルアップの報せが届く。

「こっちは〈必絶ノ剣（ひつぜつつるぎ）〉を使うまでもないか……」

すでに満身創痍の巨大爪狼（ガラ・ローボ）に対し、そう呟きながら、短剣を突き刺した。

◁◁◁◁◁◁

レベルが上がりました。

▷▷▷▷▷▷

うん、レベルが三つもあがった。これは中々ラッキーだったかも。

「〈アイテムボックス〉」

と、呟くと手のひらから異次元の空間に繋（つな）がった輪のようなものが出現する。

「これに入れていけばいいんだよね」

これまでなら、解体して高値がつく魔石だけを回収していたが、〈アイテムボックス〉を手に入れた今、モンスターごと回収することができる。

しかも、特大と書かれていたから、けっこうな数を入れることができるんだろう。詳しく検証はしていないけど。

そんなわけで、鎧ノ熊（バグベア）と巨大爪狼（ガラ・ローボ）をそれぞれ〈アイテムボックス〉に収納してしまう。

これなら、素材を取り残すこともないし、けっこうお金を稼げそうだ。

それから〈必絶（ひつぜつ）ノ剣（つるぎ）〉を使って減ってしまったMPはMP回復薬を飲んで回復させる。

当然、MP回復薬は〈アイテムボックス〉に収納して持ち歩いている。

「よしっ、この調子でもっとダンジョンを進もう！」

ダンジョン攻略を始めてまだ序盤だが、良い成果に巡り会えたので気分がよかった。

十三話　アレアトリオダンジョンの初回クリア報酬

偶然成功した、モンスターに追いかけられては別のモンスターと遭遇させて、お互いに戦わせる、という方法は、何度か試してみたところ意外と成功率が高いことがわかった。

モンスターは基本、人間を優先して攻撃するというのが世間一般の常識だが、一度でもモンスターが別のモンスターに、たとえ狙い通りでなかったとしても攻撃をしてしまえば、攻撃対象が人間からモンスターに切り替わるらしい。

そんなわけで、僕は今もモンスターに追いかけられていた。

「グルゥウウウウウ‼」

後ろからは巨大爪狼（ガラ・ローボ）が喉を震わせながら、追いかけてくる。

「グルゥ‼」

と、目の前にも巨大爪狼（ガラ・ローボ）が現れる。

「〈回避〉」

二体の攻撃が僕に届く直前、〈回避〉を使う。すると、モンスターはお互いに長い爪でひっかき合うことになった。

あとは、二体のモンスターは僕のことを忘れて戦いを始める。

たとえ、同種のモンスターでも、戦いを始めるという事実に変わりはないようだ。

あとは、二体が弱り始めたのを見計らって、僕が致命傷を与える。

レベルが上がりました。

レベルが上がりました。

◁◁◁◁◁◁

▷▷▷▷▷▷

すると、二体分の経験値が僕に加算された。

「なんか申し訳なくなる戦法だな」

とはいえ、生きるか死ぬかの世界なので、やめるつもりはないけれど。

と、この調子で僕は奥へと進んでいった。

「やっと、着いたー」

息を吐きながら、僕はそう宣言していた。

目の前には、ボス部屋に続く扉があった。

途中、モンスター同士を戦わせる作戦で何体ものモンスターを倒したから、けっこう時間がかかってしまった。

おかげで、レベルは合計で12も上がったけど。

ちょっと休憩をしたあと、僕はボスエリアに入る。

◁◁◁◁◁◁
〈三首猟犬（ケルベロス）〉
討伐推奨レベル：80
三つの頭を持った巨大な犬。それぞれの口からは属性の違うブレスを吐く。
▷▷▷▷▷▷

「「「グォオオオオオオオン!!」」」

三首猟犬（ケルベロス）の三重に重なった鳴き声が耳をつんざく。

さぞ、倒すのは苦労するんだろうなぁ、とか思いつつ盾を構える。

まぁ、僕は倒すつもりは一切ないんだけど。

三首猟犬（ケルベロス）はそれぞれの口から、火、氷、雷、と三属性のブレスを放つため、それだけには気をつけつつ、うまく立ち回る。

そして、タイミングを見計らって攻撃を受けた。

「〈回避〉！」

吹き飛ばされつつ、うまく壁抜けに成功する。

「さて、お目当ての初回クリア報酬だ！」

と、宝箱を開ける。

目に入ったのは一冊の本。

これは目当ての魔導書な気がする！

◁◁◁◁◁◁
〈習得の書〉
スキル〈索敵〉を習得できる。
▷▷▷▷▷▷

あ、違った。

まぁ、悪くはないから、がっかりはしないけど。


今まで、初回クリア報酬といえば一つのダンジョンにつき一種類と決まっていたが、このアレアトリオダンジョンに限ってはそうではない。

なんと、十種類以上の初回クリア報酬の中からランダムで選ばれる。

そもそも初回でない通常のクリア報酬からして、このダンジョンは特殊だ。

ここのクリア報酬にはレアリティという等級が存在し、ランクSから、ランクA、ランクB、ランクC、ランクD、と五種類に分かれている。

さらにその中でも、ランクDだけで二十種類以上の報酬があり、ランクごとにたくさんの報酬があるわけだ。

クリア報酬はたくさんある中から、ランダムで選ばれるわけだが、もちろんランクDといった下のランクほど、選ばれる確率は高い。

だが、まれにランクSの報酬も手に入るので、それを目当てにこのダンジョンを周回する冒険者は多い。

そして、初回クリアに限り、絶対にランクSの報酬が手に入るわけなのだ。

今手に入れた〈習得の書〉も、ランクSの報酬だ。

そのランクSの報酬の中には、僕がほしい〈魔導書〉も含まれている。

だから、当面の間は〈魔導書〉が手に入るまで、このダンジョンを周回しようという魂胆だ。

ちなみに、手に入れた〈索敵〉が習得できる〈習得の書〉は自分に使うことにした。

◆

「な、なんだ、これは……」

巨大爪狼（ガラ・ローボ）や鎧ノ熊（バグベア）など、十体以上の亡骸を換金所に持っていくと、当然受付の人に驚かれた。

そりゃ驚かれるよなぁ、と思いつつ、これをきっかけにまた噂をされたら、嫌だなぁ、とか思う。ある程度は割り切るしかないのだろう。

「ぼ、坊主が一人でこの数を討伐したのかい？」

「いえ、違います。僕は換金をお願いされただけで、実際に倒したのは僕ではありません」

さらりと嘘をつく。すると、受付の人は「そりゃそうか」と納得した表情をしていた。

ちなみに、〈アイテムボックス〉から出し入れするところは見られたくなかったので、荷車を借りて、誰にも見られないところで荷車に亡骸を載せて換金所まで運んできたのだ。

「それじゃあ、今から計算するが、時間かかりそうだけど、大丈夫か？」

「はい、大丈夫です」

ちなみに、受け取った合計金額は二十万イェールを超えていた。

これは想像以上に稼げるみたいだ。

十四話　名称未定と……

「なにをしているの？」

宿屋に戻るとおかしな光景があった。

「見てわからねーのですか、人間。絵を描いているのです」

なんでそんなことを？　と口を開こうとして、そういえば最近、画材をねだられたことを思い出す。

わけもわからず買い与えたが、本当に絵を描き始めるとは。

名称未定がいったいどんな絵を描くんだろうかと気になり、横から覗いてみる。

「なにを描いてるの？」

見てわからなかったので、聞いた。

「名称未定ちゃんを描いているのです」

つまり、自画像ってことだろうか。

えっと、全く似てないんだけど。画材に描かれたのは黒い得体の知れない物体で、生き物なのか建造物なのかさえ見当がつかない。

ただ言えることがあるとすれば、これは名称未定とは限りなく程遠いということだった。

「えっ、下手くそ過ぎない？」

つい思ったことが口をついて出た。

すると、名称未定が僕のことをキッと睨みつけて「ガルル」と唸りながら、ポコポコと僕のことを叩き始める。

「ご、ごめんってば」

と、謝ったところで彼女の気が収まることはなく、叩くのをやめない。

「それで、今日の夕飯は……？」

叩かれながら、僕は尋ねていた。

見たところ準備している様子はないけど。

「料理はもう飽きたので、作らないです」

「あ、そうなんだ」

最近やっと名称未定の料理が安定しておいしくなってきたというのに飽きたんだ。

「なら、僕が作るよ」

仕方がないので、僕が用意することにする。

台所に向かい、なんの食材があるのか把握するところからだよな。最近はずっと名称未定が用意していたので、把握すらできていないけど。

「えっと、なにしてんの？」

なぜか台所に名称未定がついてきていた。料理は作らないと言っていたはずなのに。

「お前が作るとまずくなるのを思い出しました。やっぱり名称未定ちゃんが作ることにします」

「あ、そうなんだ」

実際に僕より彼女のほうが作るのはうまいので、そのほうが助かるといえば助かる。

「なにか手伝う？」

「お前が手伝うとまずくなるからなにもしなくていいですよ」

「そう、わかったよ」

そんなわけで、結局いつもどおり名称未定が一人で夕飯を用意することになった。

「なぁ、なにかしたいこととかある？」

二人で夕飯を食べている最中、ふと、僕はそう口にしていた。

「なんですか、急に。気持ち悪い」

「いや、料理を作ってもらったりとか散々お世話になっているから、なにかご褒美でもあげるべきだよなって思って」

「そうですね、お前はもっと名称未定ちゃんに感謝すべきです」

「まぁ、だから、なにかしたいことがあれば、叶（かな）えてあげたいと思ったんだけど」

「したいことですか……」

そう言うと、彼女は数秒ほど考えてから、笑顔でこう口にした。

「人を殲滅したいです」

「それ以外で」

最初、名称未定が現れたときの悪夢を思い出す。そのときも、今言ったのと同じことをしようとしていたはずだ。

「じゃあ、ないです」

興味を失ったように冷めた表情で彼女はそう口にした。

いや、せめて他になにかあるでしょ。

「じぁ、今度二人でどこかに出かけようか」

名称未定には基本、部屋で大人しくしてもらっている。時々、食材を買いに行くときとかは二人で出かけることもあるけれど。

だから、気晴らしにでもなれば、と思い、そう提案した。

「どこに行くんですか？」

「んー、どうしようかな」

この町で遊べる場所なんてないしな。

なら、町の外になるんだろうけど、町を出るとモンスターに襲われる可能性もある。まぁ、町の外に出現するのは低級モンスターばかりだから、問題もないか。

「なにか考えておくよ」

そう言って、僕は会話を切り上げた。

◆

——寝るのが嫌いだ。

窓から射し込む月明かりを見ながら、名称未定はそんなことを考えていた。

すでに、アンリは眠っているらしく、隣のベッドから寝息が聞こえてくる。

自分も寝てしまおうとベッドで寝転がるが、中々寝つくことができない。

どうしても、寝るっていう行為に苦手意識を持っているせいだからだろう。

だけど、気がつけばうつらうつらとし、意識が朦朧(もうろう)としていき、いつの間にか名称未定は眠りについていた。

「昨夜ぶりだね、名称未定ちゃん。いい加減、名前はつけてもらえたのかな」

目の前にいる人物を見て、やはり眠気に勝てなかったか、と後悔する。

「毎夜毎夜、鬱陶しいのです。いい加減、夢にでてくるのはやめてほしいのですけど」

「今日も見本みたいなツンデレっぷりだね。相変わらずかわいいなぁ」

とか言って、相手は自分の頭をなでてくる。それを両手で振り払いながら、名称未定はこう口にした。

「自分と同じ顔相手に、よくもかわいいなんて言えますね」

「そうかな？　客観的事実にもとづいてかわいいと述べただけなんだけど」

そう言って、相手は小首を傾げていた。

名称未定が喋っている相手、それは元々この体の持ち主であったエレレートだった。

名称未定がこの体を奪ったときから、毎夜のように彼女は夢に現れては快適な睡眠を邪魔してくる。

だから、名称未定は寝るのが嫌いだった。

「それじゃぁ、昨夜のお話の続きをしようか。えっと、昨夜はどこで終わったっけ？　確か、お兄ちゃんが九歳七ヵ月のときのことまで話したから、今日は八ヵ月目からかな。そろそろ寒くなってきた時期でね、お兄ちゃんが私にね――」

「やめるんです！」

と、彼女の話を遮るように名称未定がそう叫んだ。

「毎夜毎夜、お前の兄の話を聞かされて、いい加減、頭がクラクラになりそうなんですの！　せめて、なにか話すなら、お前の兄以外の話を聞かせろって言いたいんです！」

「ないよ。私、体が弱くてずっと家にいたし」

「だとしても、両親の話とかできるんじゃないですか」

「母親は私が小さい頃に死んじゃったし、父親は、あまり私にかまってくれなかったし。それに、名称未定ちゃんには、お兄ちゃんのことを好きになってほしいの。だからお兄ちゃんのことを話しているんだけど、駄目だった？」

「ふんっ、名称未定ちゃんが人間のことを好きになるなんてあり得ないんですの。お前による制約さえなければ、今頃人類の殲滅のために行動しているというのに」

「駄目だよ。そんなことしたら、私たち殺されちゃうでしょ」

「名称未定ちゃんのこと舐めるのも大概にしろって言いたいです。私に敵う冒険者なんているはずがねーのです」

「うーん、名称未定ちゃんこそ、冒険者のこと舐め過ぎだと思うよ。彼らが力を合わせたら、流石に勝てないんじゃないかな」

「そんなのやってみなければわからないじゃないですか」

「だーめ。それに、そんなことをしたらお兄ちゃんを困らせちゃうでしょ」

「あの人間が困ったら、名称未定ちゃんとしては清々するのです」

「やっぱりツンデレだなぁ。名称未定ちゃんだって、お兄ちゃんのこと困らせたくないくせに」

とか言って、エレレートはこちらの頬をぷにぷにと突く。

ツンデレってなんだよ、とか思いながら、名称未定はその手を振り払う。

「大体お前は名称未定ちゃんにどうなってほしいんですか？」

自分の体を奪われたのだ。

ならば、『体を返せ』と激高するのが普通の反応だ。だけど、エレレートはこれまで一度もそんな態度を示したことがなかった。

「さっきも言ったよね。名称未定ちゃんにはお兄ちゃんのことを好きになってほしいって」

「だーかーら、なんで、あの人間を好きにならなきゃいけないんですか！」

「えー、そりゃあ、どっちも私の好きな人だもん。だから、仲良くなってほしいじゃん」

なに言っているんだ、こいつは……？

「人間、お前はこの名称未定ちゃんを恨むべきだろう」

「え？　なんで？」

キョトンとした顔でエレレートは首を傾げていた。

その表情に苛ついた名称未定は声を荒らげる。

「だから、お前は名称未定ちゃんに体を奪われたんですよ。だったら、恨むのが普通の反応じゃないですか！」

「いやいや、私は名称未定ちゃんにすごく感謝しているんだよ。あなたがいなければ、私は死んだままだった。あなたのおかげで、私はこうして生きていられる。だから、感謝こそすれど、恨む理由なんて一つもないよ」

確かに、名称未定がこの体を乗っ取ろうとしたとき、この体はすでに死体だった。おかげで、乗っ取るのが簡単だったのだが、乗っ取って肉体に血を通わせた瞬間、蘇ったかのように彼女の魂が内に出現したのだ。

おかげで、こうして夢の中に現れるわ、一部の行動を制限されるわで迷惑しているわけである。

とはいえ、名称未定にはどうしようもないのだが。

まぁ、いい。

名称未定は心の中でほくそ笑む。

もう少し待てば、名称未定の思い描いた未来がやってくる。

それまでの辛抱だ。

十五話　アレアトリオダンジョンの周回

アレアトリオダンジョンの攻略を始めて二日目。

僕は一日をかけて、報酬エリアまで来ていた。

「〈魔導書〉こい、〈魔導書〉こい」

と念じながら、宝箱を開ける。

中に入っていたのは、〈鑑定〉が手に入る習得の書だった。

「〈鑑定〉なら、この前お金払って手に入れたばっかりだよ！」

そのために、結構な大金を払ったのだ。

手に入れる未来がわかっていれば、わざわざ買わなかったのに。まぁ、そんな後悔しても意味はないんだけど。

一応〈物理攻撃クリティカル率上昇・小〉のときのように、すでに習得している場合でも使用したら、スキルがレベルアップすることがあるので、試しに使ってみる。

◁◁◁◁◁◁
スキル〈鑑定〉の所持を確認しました。
同名のスキルを二度習得することはできません。
▷▷▷▷▷▷

あ、駄目だった。

〈物理攻撃クリティカル率上昇・小〉の〈習得の書〉は譲渡不可だったけど、この〈鑑定〉の〈習得の書〉は譲渡することが可能だ。

その違いがあるせいで、結果が異なるのかもしれない。

明日、もう一度アレアトリオダンジョンを攻略して、次こそ〈魔導書〉が手に入ることを願おう。

◆

三日目。

この日もアレアトリオダンジョンに来ていた。

「今度こそ、〈魔導書〉こい！」

と、願いながら宝箱を開ける。

「あ、大きな盾だ」

◁◁◁◁◁◁◁

〈光輝な大盾〉

装備推奨レベル：70

防御力：プラス８５０

敏　捷：マイナス30％

▷▷▷▷▷▷▷

すごく良い性能なんだろうけど、自分には使えない。

まず、自分のレベルが装備推奨レベルに全く達していない。確か、推奨レベルに達していない状態で装備すると、本来の性能を発揮できなかったはずだ。

しかも防御力が上がる代わりに敏捷が下がるので、高い敏捷を活かしたい自分のスタイルには合っていない。

まぁ、敏捷が下がること抜きにしても、こんな大きな盾を振り回すなんて僕にはできないんだけど。

ということで、せっかく手に入れた〈光輝な大盾〉は売ってしまいたいところだが、それをすると目立ちそうだから、とりあえず〈アイテムボックス〉にしまっておこう。

◆

「次は剣か」

アレアトリオダンジョンの攻略を始めて四日目。

手に入れた報酬は大剣。

欲しい〈魔導書〉は中々出てこない。

◁◁◁◁◁◁◁

〈強靱（きょうじん）な大剣（たいけん）〉

装備推奨レベル：70

攻撃力：プラス１２００
敏　捷：マイナス20％
▷▷▷▷▷▷

「これも使えそうにないや」

装備すれば圧倒的な攻撃力が手に入るんだろうけど、〈光輝な大盾〉と同じ理由で自分には向いていないだろう。

これも〈アイテムボックス〉で保管しておこう。

◆

「今度は弓か……」

アレアトリオダンジョンの攻略を始めて五日目。

手に入れた報酬を見て、僕はそう呟く。

◁◁◁◁◁◁
〈雲雀の弓〉
装備推奨レベル：70

攻撃力：プラス７５０
敏　捷：マイナス30％
射　程：長
装備することで命中率が少し上昇する。
▷▷▷▷▷▷

たぶん良い性能なんだろう。

試しに、弦を引いてみる。

「ふぐぐぐっ」

引くだけで苦労するようじゃ、弓なんて自分には到底使えないんだろう。

そもそも弓を扱うにはスキル〈弓技〉が必要だし。

これもその他と同じく〈アイテムボックス〉行きだ。

◆

アレアトリオダンジョンの攻略を始めて六日目。

「また〈光輝な大盾〉かい！」

こんなの二つあっても仕方がないじゃん！

問答無用で〈アイテムボックス〉に送る。

◆

アレアトリオダンジョンの攻略を始めて七日目。

「なに、これ……？」

入っていたのは長さが一メートルほどの長い杖だった。

◁◁◁◁◁◁◁◁

〈暁闇の杖〉

装備推奨レベル：70

知　性：プラス１０００

敏　捷：マイナス70％

詠唱時間が１・３倍長くなる代わりに、消費ＭＰが50％になる。

▷▷▷▷▷▷▷▷

「強いのかな、これ？」

敏捷マイナス70％とか、詠唱時間が１・３倍とかデメリットばかりが気になり、強い武器に見えない。

まぁ、魔法が使えないから〈アイテムボックス〉行きに変わりないのだけど。

◆

アレアトリオダンジョンの攻略を始めて八日目。

「そろそろ〈魔導書〉よ、こい！」

と、念じながら宝箱を開ける。

「また〈光輝な大盾〉だ！」

僕の中で〈光輝な大盾〉は一番の外れ枠だ。

こんなの三つあっても仕方がないでしょ！

◆

アレアトリオダンジョンの攻略を始めて九日目。

「よりによって、二連続〈光輝な大盾〉とか……」

流石に、ちょっとキレそうになる。

明日こそ〈魔導書〉が出ることを願おう。

◆

アレアトリオダンジョンの攻略を始めて十日目。

「次は〈雲雀の弓〉か……」

弓も僕の中では大外れだ。

なんで、こうも〈魔導書〉が出てこないのかな。

本当にこのダンジョンで〈魔導書〉が出るのか、疑いたくなってきた。

◆

アレアトリオダンジョンの攻略を始めて十一日目。

「おっ、短剣だ」

宝箱から出た武器を見て、そう口にする。

◁◁◁◁◁◁
〈漆黒（しっこく）の短剣（たんけん）〉
装備推奨レベル：70

攻撃力：プラス650
敏　捷：プラス300
防御力：マイナス20％
▷▷▷▷▷▷

防御力のデメリットが気になるが、攻撃に当たらないように敵を倒すという今の僕のスタイルにぴったりの短剣だ。

僕のレベルが装備推奨レベルの70になったら、使ってみてもいいのかもしれない。

それまでは〈アイテムボックス〉に保管しておこう。

◆

アレアトリオダンジョンの攻略を始めて十二日目。

今日、〈魔導書〉が出なかったら、今後の方針を見直そう。

道中のモンスターを倒しながら進んでいるおかげで、お金も貯まったし、このまま〈魔導書〉が出ないままだったら、お金を払って本屋で買ったほうが早いかもしれない。

「あ、本だ」

宝箱に入っていたものを見て、僕はそう呟く。

もしかしたら〈魔導書〉かもしれないという期待を込めて、僕はステータスを表示させる。

◁◁◁◁◁◁
〈極めの書〉
ステータスの中で最も数値の高いステータスを10上昇させる。
▷▷▷▷▷▷

散々お世話になった〈極めの書〉だった。

パイラルダンジョンの〈極めの書〉と違い、『譲渡不可』の文言がないので、売ることは可能なようだ。

とはいえ、もったいないので自分に使うけど。

◆

アレアトリオダンジョンの攻略を始めて十三日目。

「いい加減〈魔導書〉来て……」

ヘトヘトになりながら報酬エリアまで来ていた。

このアレアトリオダンジョン、難易度が高すぎるから周回するにも、今までのダンジョンに比べて一苦労だ。

「また本だ……」

宝箱に入っていたものを口にする。

といっても期待はしない。

どうせ〈習得の書〉や〈極めの書〉で、〈魔導書〉なんかではないはずだ。

◁◁◁◁◁
〈習得の書〉
スキル〈持久力強化〉を習得できる。
▷▷▷▷▷

「まぁ、ありがたいんだけど」

持久力が強化されたら、周回がもっと楽になるだろうし、非常にありがたいスキルではある。後で使わせてもらおう。

だけど、やっぱり〈魔導書〉ではなかったため、喜びは薄い。

◆

アレアトリオダンジョンの攻略を始めて十四日目。

手に入れたのは〈光輝な大盾〉だった。

「うわぁああああああああ！」

気がおかしくなりそうだったので叫んだ。

◆

アレアトリオダンジョンの攻略を始めて十五日目。

「また、本だ……」

といっても、どうせ〈習得の書〉や〈極めの書〉なんだろうし、全く期待はしていない。

◁◁◁◁◁◁
〈魔導書〉
初級魔法を学べる。
▷▷▷▷▷▷

「え……っ」

どうやら〈魔導書〉だったらしい。

実際手に入れてみると拍子抜けしてしまい、実感が湧いてこない。

「や、やったー」

とはいえ、嬉しいことには変わりないので腕をあげて喜ぶが、どうにも演技臭くなってしまった。

◁◁◁◁◁◁◁

アンリ・クリート　14歳　男
レベル：48
ＭＰ：１３６
攻撃力：１６４
防御力：１２５
知　性：１１５
抵抗力：１１４
敏　捷：１３０２
スキル：〈回避〉〈剣技〉〈必絶(ひつぜつ)ノ剣(つるぎ)〉〈鑑定〉〈魔力操作〉〈アイテムボックス・特大〉〈索敵〉〈持久力強化〉〈封印〉
称　号：〈結晶を集めし者・極〉

▷▷▷▷▷▷

十六話　三つのクラン

「きひっ、名称未定ちゃんのために新しい本を買ってきてくれたようですね」

家に帰ると名称未定がトコトコと僕のところまでやってきてそう口にした。

「いや、これは……」

手に持っていたのは〈魔導書〉だ。恐らく、これを僕が買ってきた本だと勘違いしたのだろう。

「ごめん、これ僕用の本」

「ふんっ、人間が読書なんて珍しいこともあるもんですね」

確かに、僕は滅多に読書をしないからそう言われても仕方がない。

「これは普通の本じゃなくて〈魔導書〉なんだよ」

そう言いながら僕は席につき、本を開く。

名称未定も興味あるのか隣に腰をおろした。

「なにが書かれているんですの？」

「えっと、読めば魔法を使えると聞いたけど……」

と言いながら、書かれている文字を読もうとする。

「……なるほど、そういうことか」

「なにが、なるほど、なんですの？」

僕のつぶやきに名称未定が反応した。

〈魔導書〉を開いて、まだ数ページしか読んでいないが、わかったことがあった。

「僕には理解できない本だ、これ」

頭を抱えながらそう口にする。

これでも最低限の文字は覚えているつもりだが、〈魔導書〉の内容はあまりにも難解なのか、一ページを満足に理解することすら僕には無理そうだ。

苦労して〈魔導書〉を手に入れたのに、結果がこれとかあまりにも残念すぎる。

というわけで、僕は魔法を覚えることを諦めた。

僕が〈魔導書〉から目を離したあと、今度は名称未定が〈魔導書〉を読もうとしていたが、数分足らずで「つまんねーです」と言って〈魔導書〉を放り投げる。やはり、名称未定にとっても〈魔導書〉は難解だったらしい。

だいたい〈極めの書〉や〈習得の書〉なら、開くだけで効果を発揮したのに、なぜ〈魔導書〉に限って、内容を理解しなくてはいけないんだろうか。理不尽すぎる気がする。

「せっかくだし、明日どこか行こうか」

この前でかける約束していたのに、今日まで放ったらかしにしていたことを思い出しつつ、彼女にそう伝える。

ダンジョン攻略も一段落ついたことだし、気晴らしをするならいい頃合いだろう。

◆

「きひっ、おいしそうな人間がたくさんいますね」

「本当に人間を食べるつもりじゃないよね？」

「さぁ、どうでしょうか？」

まぁ、冗談ってことにしておこう。

翌日、宣言どおり僕と名称未定は二人ででかけることにした。どことなく名称未定のテンションも上がっているようにも見えるし、なんだかんだ言いつつ彼女も楽しみにしていたのかもしれない。

「って、どこに行くつもりだ」

勝手にどこかに行こうとする名称未定の手をひっぱる。

「名称未定ちゃんの好きなところに行っていいと言っていたじゃないですか？」

「そんなこと言った覚えはないんだけど。それに、名称未定が行こうとしている方向になにがあるのか知っているのか？」

そう言うと、名称未定は首をかしげる。

僕は呆れながら説明をする。

「このガラボゾの町には三つの区画があってな、お前の行こうとした場所は一番治安が悪い場所だぞ」

「それは大変楽しそうな場所じゃないですか」

なおも行こうとするので、名称未定にデコピンする。すると、彼女は「ひうっ」と鳥の鳴き声のような甲高い声を出していた。

「今日は面倒ごとは一切なしだ。それを約束できないなら家に帰る」

と、少しキツめに言う。

「きひっ、名称未定ちゃん、面倒ごとを起こすつもりなんて微塵もありませんので、どうぞご安心くださいな」

おちょくったような表情でそう言うので、あまり信用できない……。

とはいえ今日は名称未定のために一日を使うと決めたつもりだ。今は彼女の言葉を信じることにしよう。

「三つの区画ってなんですの？」

名称未定を引き連れながら歩き始めると、気になった単語があったようでそう尋ねてきた。

「この町には三つのクランがあって、クランごとに支配している地域があるんだよ。お前が行こうとしていた区画は、あのギジェルモが支配していたとこだからな」

「クランなんて単語、初めて聞きました」

あれ？　今まで言ったことがなかったっけ？

「三つのクランにはそれぞれリーダーがいて、それを三大巨頭と呼ぶわけだ」

「そもそもクランってなんですの？」

「冒険者を束ねた組織だな。人は誰かを束ねることで強い権力を持つことができる。そのせいもあって、この町は貴族に支配されていない」

この町も名目上、支配している貴族はいるはずだが、実際は、この町において貴族の権力は皆無となっている。それは冒険者たちが結束し、権力を持っているためだ。

「パーティーとは違うんですか？」

「パーティーは一緒にダンジョンを攻略する仲間だから、せいぜい六人ぐらいの集まりだろ。比べて、クランには何十人もの冒険者が所属している」

「クランに所属していることでメリットはあるんですか？」

「それは……メリットというか、クランに所属していないと爪弾きにあう可能性が高いから。この町で冒険者をするなら、クランに所属しておいたほうがいいんだよ」

クランに所属することで、冒険者が得た報酬の一部をクランに上納する必要があるが、そもそもクランに所属していなければ、素材の換金時にぼったくられたりすることになる。

それに換金所に限らずあらゆるお店はクランにみかじめ料を払っている。だからこそ、クランに所属していれば優遇されるし、逆もまたしかりと言えるわけだ。

「人間、お前もどこかのクランに所属しているんですか？」

「えっと……一応？」

と、疑問符がつくのにはわけがある。

僕はギジェルモのパーティーを追い出された。だが、パーティーより大きな括りであるギジェルモのクランを追い出されたかというと、微妙な判断になる。

ギジェルモ自身は僕をクランから追い出したつもりなのかもしれないが、別に具体的な手続きを踏んで追放したわけではない。

そのため、僕がギジェルモのクランを脱退したことは周知されておらず、この町の人たちは僕が未だにギジェルモのクランに属していると思っているわけだ。

おかげで、僕は今まで換金するときや武具を買うときにぼったくられる、といった目に遭っていないので都合がいい状態には違いなかった。

「人間はなんというクランに所属しているんですか？」

と、名称未定が言うが、答えに窮する。

というのも――

「クランに名前がないんだよね」

そう、ギジェルモがリーダーだったクランには名前が存在しないのだ。

「ん？　どういうことですの？」

名称未定が眉をひそめるのは当然だろう。

僕自身、なぜそんなことになっているのか正確には把握していない。

「さっきこの町に三つのクランがあると言ったでしょう。他の二つにはちゃんと名前があって、一つが〈緋色（ひいろ）の旅団〉といって、強い冒険者か強くなる見込みがある冒険者でないと入るのが難しいクランで、純粋にダンジョンの攻略を目的としているんだよね。もう一つが、〈ディネロ組合〉といって、これは金持ちの商売人が自衛するために冒険者を雇ったことが始まりのクランなんだよね。だから、〈ディネロ組合〉が支配している区画は富裕層向けのお店が多いんだよ」

以前、オーロイアさんに連れられた高級店も、恐らく〈ディネロ組合〉の傘下にあるお店のはずだ。

「んで、ギジェルモのクランはこの二つのクランに反発した冒険者たちが集まって生まれたものなんだよね。だから、組織として結束しているわけでもない。そもそもクランとしての要件を果たしてないから、クランと呼ぶべきではないんだろうけどね。ただ、事実として、他のクラン同様、ギジェルモたちは支配している店からみかじめ料をもらっていたし、傘下のパーティーからは上納金をもらっていた。だから、実質クランみたいなものではあったわけだ」

そんなわけだから、ギジェルモの支配していた地域は、治安が悪かったりスラム街になっていたりする。

所属している冒険者たちも荒くれ者が多い。

ちなみに、勘違いしないでほしいのだが、ギジェルモのクランと呼ばれてはいるが、直近のリーダーがギジェルモだったからそう呼ばれているだけで、ギジェルモが作った組織ではない。

この町のクランの歴史は古く、ギジェルモ以前に何代もリーダーが存在していた。

「でも、そのギジェルモが消えたせいで、今、クランは宙ぶらりんになっているんだよ」

「消えたんですか？」

名称未定が小首をかしげていた。

「名称未定が原因で消えたんだよ……」

まぁ、僕が原因でもあるわけだが。

ただ、名称未定は心当たりがなかったようで首を傾げたままだった。じっくり丁寧に説明して思い出させてもいいのだけど、僕自身あまり掘り返したくない記憶だし、まぁいいか、と放っておくことにした。

「ギジェルモだけが消えたなら、ナンバー2(ツー)が新しいリーダーになればよかったんだけど、ギジェルモとその一派が全員いなくなったから、誰がクランを管理するかで揉(も)めているらしいんだよね」

具体的にどう揉めているのかまでは知らないけど、風の噂でそう聞いた。

「特に後継者が三人現れたとなって、水面下ではバチバチに争っているみたい。これはこの前、セセナードが言っていたことだけど。ともかく、そういうわけで町は荒れているから、勝手に外を出歩かないでよ」

「はぁ〜い」

名称未定は小馬鹿にしたような返事をする。本当にわかってくれたのだろうか。

と、そんなふうに長々と会話をしていたら、気がつけば目的地についていた。

十七話　買い物

僕たちは富裕層が多い区画にある商店街に来ていた。

金を持っていない人がここに来ると追い出されることがあるが、最近はダンジョン攻略も順調なおかげで、お金はそこそこ持っているし、恐らく大丈夫だろう。

「なにか欲しいものがあれば気兼ねなく言ってよね。できるかぎり買う努力はするからさ」

「そうですね……」

と、言いながら名称未定は左右にあるお店を眺める。

名称未定の好きな本屋もあるし、なにかしら欲しいものはあるに違いない。

「なんかジロジロと見られている気がします」

「あー、服装のせいかも」

僕なんかはいつものダンジョンに行く格好だし、名称未定も質素な服装だ。

ここの通りは富裕層が多いため、通行人は皆高級そうな服に身を包んでいる。

そのせいで、僕たちの質素な服装が目立ってしまっているんだろう。

「とりあえず服屋に行って、もっと良さげな服に着替えようか」

早速服屋に入ると、店員に貧乏な子供と思われたのか、追い出されそうになるが、硬貨が大量に入っている袋を見せて黙らせることに成功した。

それから僕と名称未定が着る服を物色する。

　正直、服の知識が全くないため、どれを選べばいいのかさっぱりわからないから、店員にお願いして見繕ってもらうことにした。

「どうですかね……？」

　試着室を出た名称未定がそう訪ねてくる。

　フリルのついた白いブラウスにチェック柄のスカートを身に着けていた。薄く透けるような軽やかなカーディガンを羽織り、足元には可憐なリボンがついたレースアップシューズを履いていた。

「あら、とってもお似合いですよ～！」

　店員がそう告げる。硬貨の入った袋を見せてから、店員は笑みを浮かべて接客している。

「うん、かわいいと思う」

と、素直に思ったことを口にする。そもそも僕の妹は、どんな服を着てもかわいいからな。

「かわいいですか。人間の価値観は名称未定ちゃんには、よくわからないです」

　照れ隠しでそう言っているなら少しは可愛げがあったんだけど、表情から察するに、名称未定に限っては本心でそう思っているみたいだった。

　それから店員にいくつかの服を見繕ってもらって気に入った服をすべて購入した。

　ともかく貧民には見られない服装に着替えたところで、再び商店街にてショッピングを始める。

「これとこれとこれとこれとこれとこれとこれを買うんです、人間！」

　結局、名称未定は本に興味があるということで、最初に向かったのは本屋だった。

　名称未定が手に持っていたのは山積みになった大量の本。

そんなに大量に買ったら持ち歩けないでしょ、と言いかけて、〈アイテムボックス〉のことを思い出し、口をつぐむ。

〈アイテムボックス〉があれば、いくら買ったとしても問題なく持ち歩ける。

「わかったよ」

僕は頷き、名称未定の欲しがった本を全部買おうとする。お金なら余裕をもって持ってきたし、足りないってことはないだろう。

「随分と聞き分けがいいですね。気味が悪いです」

「いや、名称未定が買えと言ったんでしょ」

「まさか、本当に全部買ってくれるとは思わなかったです」

「今日は名称未定のために一日を使うと決めたから」

と言いつつ、会計を済ませる。

それから買った本を手分けして路地裏まで運び、誰にも見られていないことを確認しつつ、〈アイテムボックス〉を使用する。

「そんな便利なスキルを持っていたんですか……」

「最近手に入れたスキルだよ」

名称未定が見ている前で手に入れたはずなんだけど。

「そもそも人間は冒険者として強いんですか?」

「えっと、普通の強さだと思うよ」

少し前までは最弱だったけど、今は成長してきたしそんなこともないだろう。

「そういえば、僕が冒険者としてどんな活動しているか、あまり話していなかったね」

「別に興味ないですから、話さなくて結構です」

「あ、そう……」

「ただ、人間がなぜダンジョンの狭間に来ることができたのか？　それだけはずっと気になっていました」

　そういえば話してなかったな、と思う。

　というか、壁抜けのことは誰にも喋ったことがない。下手に喋ることでもし広まったりしたら、他の冒険者からやっかみを買う可能性が高いからだ。

　ただ、名称未定にならば喋ってもよいかもしれない。別に彼女のことを信用しているからというわけではなく、彼女には僕以外にお喋り相手がいないから、誰かに喋って広めるってことがそもそも不可能だろうって理由で。

　一応、周りに誰もいないことを確認してから、僕は話し出す。

〈回避〉を使ったら、壁を抜けたことを。それを使って、ダンジョンの狭間に来たことも。

「信じられないです」

　説明を終えた後、一言彼女は感想を漏らす。

「ただ、人間が狭間に来られた以上、信じるしかないですね」

と、付け足すようにそう言った。

確かに、壁抜け以外であの空間に行く手段は僕には心当たりがない。

「スキルが意図しない挙動をしたとかなんでしょうか。とはいえ、それって、この世界を創った神に欠陥があったとでも言っているようなものです」

「神か」

と、名称未定の考察に感心する。

この世界を創った神ね。もちろん、その存在を聞いたことはあるが深く考えたことはなかった。神がミスをしたせいで、壁を抜けることができるのは、納得できそうな説明ではある。

「それじゃあ、他に行きたいところはある？」

買った本すべてを〈アイテムボックス〉に収納し終わったので僕はそう口にする。

「名称未定ちゃんとしてはもう十分満足しましたけど」

「そう？　でも、まだ時間はあるし」

今日は一日、名称未定のために使うと決めていた。まだ日が暮れるまで、時間がある。

「いえ、名称未定ちゃん、疲れたのでもう帰ります」

と言って、名称未定は帰ろうとする。

けど、すかさず名称未定の手をとって、僕は引き留めた。

「勘違いだったら悪いんだけど、まだ満足していないように見えたから……」

引き留めた理由を説明した。

「十分満足したしもういいですよ」

「だとしても、他に楽しいとこがあるかもしれないし、もう少し見て回ろう」

「だから、そんな必要なんてないです」

「まぁ、そう言わずにさ……」

と、押し問答を繰り返していくうちにきりがないと思ったのか、名称未定が表情を変えてこう口にした。

「だったら正直に言いますけど、人間と一緒にいても楽しくないんですよ」

「えっと……」

突然の言われように戸惑う。

「なんか気を悪くするようなことした？」

僕としては、そんな覚えはない。自分なりに名称未定を楽しませようと努力したつもりなんだけど。

すると、名称未定は「はぁ」と露骨にため息を吐いてから、

「お前の本心がさっきからずっとだだ漏れなんですよ。これが名称未定ちゃんじゃなくて、エレレートとだったら楽しかったんだろうな、ってずっと思っていることが名称未定ちゃんにはちゃんとわかっているんです。そんなやつといて、楽しいはずがないです」

そう言われて、僕は呆気（あっけ）にとられた。

確かに、名称未定の言った通りだ。

僕は今日、ずっと名称未定が元気に買い物をする姿を見て、これが名称未定でなくエレレートだったらどんなによかっただろうと思っていたし、そもそも今日に限らず、名称未定が本を読んでいたり料理を作ったりする姿を見るたびに、そんなことを考えていた。

ただ、そのことはおくびにも出さないで過ごしていたつもりだ。

それは僕が、名称未定の機嫌を損ねたくない、という一心で動いていたからだ。

下手に刺激することで、名称未定がエレレートの体を使って良からぬことをするんじゃないだろうか、って。

だからこそ、彼女の前ではエレレートの話を一切しなかった。こじれる可能性が高いと思っていたから。

なのに、彼女のほうからエレレートの話題を出すなんて。

「そ、そんなことはないけど……」

名称未定の言葉を否定しようとして、あまりにも本心を隠しきれていない口調だったと自分でも気がつく。

当然、名称未定にも見抜かれているはずだ。

「ごめん……」

だから、僕はすかさず謝罪の言葉を口にする。

「別に、謝る必要なんてないですよ。お前にとって名称未定ちゃんは、妹の体を奪った憎むべき対象なんでしょうから」

「そんなことは――」

ない、と言い切ることができなかった。

心の底では、僕はそう思っていたのかもしれない。

「ふんっ」

と、名称未定は鼻を鳴らすと、どこかに向かって走り出す。

僕はすぐにそれを追いかけることはできなかった。

十八話　雨、降って

町外れにある丈夫な木に寄っかかりながら、名称未定はぼーっとしていた。日はすでに落ちて、辺りは真っ暗になろうとしていた。

この時間に女の子が一人でいたら危ないいんだろうが、自分ならどんな障害でもなんとかする自信はある。

どうしよう……。

あんなことを言った手前、アンリのいる宿屋に戻りづらい。だから、こんなところに一人でいるわけだが。

いっそのこと一人で生きていこうか。

名称未定自身に、アンリと一緒に暮らす理由はない。それに、冒険者とやらになれば、お金は稼げるようだし、戦いには自信があるから、それも悪くないのかもしれない。

「はぁ」

と、ため息をつく。

なんで、あんなことを言ってしまったのだろうか、と名称未定は自分なりに分析しようとした。

アンリは過保護なぐらい自分を大切にしてくれている。でも、それが自分に向けられたものでなく、自分の中にいるエレレートに対して向けられたものなのはずっとわかっていたことだ。

「名称未定ちゃんはどうなってしまったんですかね……」

そう呟くと同時、ぽつりと雨が頬に当たる。

最初はまばらに降っていた雨はすぐにザーザー降りへと変わっていった。

雨のせいで体が冷たくなってくるので、より身を縮こまらせて体を温めようとする。

まるで、人間になってしまったようだ。

最近の自分を思い返しながら、そう思う。

本来自分はレイドモンスターで、大量の人間を殺すために創られた存在のはずなのに……。

今だって、くだらないことに悩んでいる姿は、まさに人間そのものみたいじゃないか。

まだモンスターに戻ろうと思えば、戻れるはずだ。

本能の赴くままに、力を発揮してこの町の人間を蹂躙(じゅうりん)してしまおう。そうすれば、自分は正真正銘モンスターに戻れるはずだ。

「きひっ」

わざとらしく笑う。

笑えば、モンスターとしての本能を取り戻せる気がして。

ゆっくりと立ち上がる。

今から、殺してやろう。この町の人間、一人残らず。

内にいるエレレートが邪魔してくる可能性が高いことだけが懸念点だが、もし邪魔してきたら力ずくで握りつぶしてやる。

そう、なにも恐れることはないんだ。

本来の自分に戻るだけなんだから――

「名称未定……ッ！」

見ると、目の前にアンリが立っていた。

息切れしていることから、ずっと自分のことを捜していたようだ。

そうだ、モンスターに戻る決意表明として、最初にこいつを殺してしまおう。そうすれば、後戻りできなくなる。

だから、名称未定は右腕を触手へと変化させて、それをアンリに振るっていた。

けど、一つ誤算があった。

触手を見れば、アンリは自分から距離をとると思った。だから、そのことを視野に入れてアンリの数歩後ろに触手をふるう。

なのに、アンリは前に地面を蹴っていた。

だから、触手は空を切るだけだった。

「ごめん……ッ」

気がつけば、アンリが自分のことを強く抱きしめていた。

「ごめん、ごめん、ごめん、ごめん、ごめん、ごめん、ごめん、ごめん、ごめん……！」

呪文のごとくひたすら謝罪の言葉を口にしだす。

「い、たいです……」

アンリがあまりにも自分のことを強く抱きしめるものだから、「痛い」と伝えたつもりだが、聞こえてないのかさらに力が強くなっていく。

だから、

「わかった！　わかったですから！」

叫びながら強引に自分からアンリを引き剝がす。

「本当ごめん……」

引き剝がされた後のアンリは明らかに落ち込んだ様子で、そう口にしていた。その上、雨でわかりづらいとはいえ、泣いてるような痕跡もあった。

ちょっといなくなっただけなのに、流石に動揺しすぎな気がする。「はぁ」と、心の中でため息を吐く。

興がそがれてしまった気分だ。

仕方がないかと思いつつ、名称未定は手を伸ばした。

「え？」

と、アンリが疑問を口にする。

だから説明をした。

「一緒に帰るんじゃないのですか」

そう言うと、やっと手を伸ばした理由がわかったようで、アンリは手を上から重ねて繋ぐ。

そして、アンリに引き連れられながら帰ることにした。

◆

「人間、お前は名称未定ちゃんのことを恨んでいるんですか？」

帰り道の半ば、いい機会だと思ったので、聞いてみることにした。

「……恨んでないと言えば、嘘になると思う」

言いづらいことを告白するようにアンリがそう言う。

そうだろう、とは思っていたので、別にショックではない。

「エレレートは今、どういう状況なんだ？」

「名称未定ちゃんの中にいることは確かですよ。ただ、それ以上のことはよくわかりません」

「そっか」

安心したようにアンリが頷く。

そして、それ以上エレレートについてなにか聞いてくることはなかった。

「さっきは恨んでいるなんて言ったけど、お前のことが大事だって気持ちに嘘偽りはないから」

本当に大事なのは名称未定ではなく、このエレレートの体のほうだろう、と言おうとして口をつぐむ。

代わりに「そうですか」と気の抜けた返事をする。

今日のことで二人の関係がなにか変わったわけではないんだろうな、とか思う。

問題が浮き彫りになっただけで、別に解決したわけではない。

ただ、もう少しだけ、この関係を続けていくのもいいのかもしれない。そう、名称未定は思っていた。

十九話　古い神と新しい神

「うーん、やっぱりわからない……」

一度理解することを諦めた〈魔導書〉に再び挑戦しようと開いてみたが、やっぱり理解できそうにない。

「んー、なにか方法があればいいんだろうけど」

とはいえ、宿で考えていても思いつきそうにない。

「ダンジョンに行こうか……」

ぼーっとした頭でそう口にする。

理解できない〈魔導書〉を読んでいるよりはダンジョンを攻略しているほうが、いくらか生産的な活動といえよう。

「じゃあ、行ってくる」

と、隣で本を読みふけっている名称未定にそう伝える。彼女は「ん」と返事をするだけで、こっちには目もくれない。まぁ、伝わっているようなので、いいんだけど。

◆

冒険者ギルドに行く途中、ばったりと知っている顔と出くわした。

「き、奇遇ね、アンリ」

「うん、久しぶりオーロイアさん」

そう、出会ったのはオーロイアさんだった。そういえば、彼女は魔法の使い手だったはず。

いい機会だし、〈魔導書〉の読み方について彼女に聞いてみるのがいいのではないだろうか。

「その、聞きたいことがあるんだけど」

「なによ？　言ってみなさい」

「魔法について教えてほしいんだよね」

「魔法？　教えてもらってどうするのよ？」

「えっと、実は魔法を覚えたくて〈魔導書〉を読んでいるんだけど、理解できなくて。オーロイアさんの力を借りれば、なんとかなるかなって思ったんだ……。もちろん無理にとは言わないけど」

「魔法を覚えたいなら、スキル〈魔力操作〉を覚えていないと無理よ」

「それが実は覚えてるんだよね、〈魔力操作〉」

そう言うと、彼女は目を見開いて「珍しいわね」と呟く。

「もしかして、あなたの両親、魔法使いだったりして？」

「いや、そんなことはないけど」

「〈魔力操作〉を持っている人は親も魔法使いの場合が多いんだけどね」

なぜ、僕が〈魔力操作〉のスキルを持っているのか？　疑問を持たれたら面倒だな、と思いながら話を聞く。もし、尋ねられたら、壁抜けのことまで話さなくてはいけなくなるかもだし……。

「まぁ、でも、珍しいとはいえ、あり得ないわけではないし」

と、彼女は勝手に納得したようだった。そのことに僕は安堵する。

「ともかく、そういうことなら、魔法についてご教示してあげてもいいわよ」

「ありがとう。後で、なにかお礼はするから」

そう言うと、彼女は目を半開きにして、

「もしかしてわたし、お礼がないと、なにもしてあげない人だと思われているのかしら？」

「えっと、そんなつもりで言ったわけじゃ……」

「あなたがお礼なんて気にする必要ないの。わたしは一度、あなたに救われているんだし、あなた

の頼みなら、応えられる限り応えるわよ」

そういうやり取りをした後、彼女による魔法のレッスンが始まった。

「実践しながら覚えたほうがわかりやすいし、ダンジョンに行きましょうか」

彼女の提案により、まずは二人でダンジョンに行くことになった。

「そもそも魔法がなにか、知っているの？」

ダンジョンに向かう最中、彼女がそう口にする。

「いや、わからないけど……」

「じゃあ、魔法はダンジョンやスキルより歴史が古いことは知っている？」

「えっ、そうなの？」

僕は驚く。魔法がダンジョンやスキルより歴史が古いってどういうことだろうか？　ダンジョンやスキルってこの世界に最初からあったとばかり思っていたけど。

「そう、なら、そのことから説明が必要ね。この世界は神が創ったのは知っている？」

「それはなんとなく聞いたことがある」

「神はこの世界にたくさんのものをもたらしてくれたわ。わたしたち人間もそうだし、大地とか空とか星とか、たくさんの自然を創ったのよ。その中に魔法も含まれている」

「そうなんだ」

「魔法は自然の摂理を人為的に引き起こすもの。だから、この世界について知識がないと、魔法を扱うことは難しいわ。そして、人類は魔法と共に発展していくんだけど、ある事件が起きるわけ」

「事件？」

不穏な単語の出現に首をかしげる。なにが起きたというのだろうか。

「神が殺されたのよ。後に魔王と呼ばれる者の手によって」

思わず僕はツバを飲み込んだ。神が死んだら、世界は終わりなのではないだろうか。

「神が死んだ後、魔王に従う魔族とそれに抗おうとする者たちによる大きな戦いが起きた。『最後の大戦』と呼ばれている世界中を巻き込んだ大きな戦争よ」

「それでどうなったの？」

「『最後の大戦』はある日、唐突に終わりを告げたわ。新しい神の出現によって」

「新しい神？　それって何者なの？」

「さぁ？　そこまで詳しいことはわかってないわ。事実として、新しい神によって世界は平和になった。ただ、新しい神は世界を平和にするだけではなく、いくつかの理(ことわり)をこの世界に付け足したの。スキル、ダンジョン、ステータス。これらは全部、新しい神によってもたらされたものよ」

これでやっと、オーロイアさんが言った魔法がスキルやダンジョンより古いって意味が理解できた。

スキルやダンジョンは新しい神によってもたらされたものだけど、魔法に限っては古い神によってもたらされたものなんだ。

「つまり、魔法を覚えるには古い神に対する知識が必要なんだけど、理解できたかしら？」

「うん、十分伝わった。ありがとう」

「そう、それはよかったわ。それじゃ、次は実践ね」

オーロイアの目線の先にはダンジョンの入り口があった。

このダンジョンは僕もよく知る、ファッシルダンジョンと呼ばれる、この町で最も攻略するのが簡単なダンジョンだ。

魔法の練習をするにはもってこいの場所といえよう。

二十話　魔法の習得

「ダンジョンに入る前に、あなたの〈魔導書〉を見せなさい」

と、オーロイアさんが手を伸ばしてくる。

「あっ」

と、僕が口する。〈魔導書〉なら〈アイテムボックス〉の中に入っている。取り出すには一度、〈アイテムボックス〉を開かないといけない。

「もしかして、置いてきたの？　なら、そう言いなさいよ。まぁ、確認しなかったわたしも悪いけど。仕方がないから、一度取りに戻るしかないわね」

「いやっ、〈魔導書〉ならちゃんと持ってきている」

慌てて僕はそう言った。

一度、宿屋に戻れば〈アイテムボックス〉を見られずに、〈魔導書〉を見せることは可能なんだろうけど、そんなことのために、宿まで歩くなんて労力をかけさせるのは、流石に悪い。

今まで、〈アイテムボックス〉は他人に見せないようにしていた。珍しいスキルを『永遠のレベル1』と呼ばれていた僕なんかが持っていたら、流石におかしいだろう、と突っ込まれそうな気がして。

だが、オーロイアさん相手ならそういう心配もないだろうし、僕は〈アイテムボックス〉を展開することにする。

そして、〈魔導書〉を中から取り出した。

「……あなた、そんなスキルまで持っていたわけ?」

「えっと、そうなんだよね」

そう言いながら、笑ってごまかそうとする。そのかいあって、というわけでもないんだろうけど、オーロイアさんは「あなたには驚かされてばっかりね」と言うだけで、それ以上、詮索してくることはなかった。

「それじゃあ、魔法について教えようと思うけど、魔力を感知することはできるの?」

「えっと、できないと思う」

「そう、ならまずそこから。魔法を扱うには、いくつかの工程があって、まずMPを消費して、魔力を生成する」

そう言いながら、オーロイアさんは右手を開いた状態で腕を伸ばす。恐らく、魔力を生成しているんだろうけど、傍から見ている僕からは、なにも起こっていないように見える。

「魔法は基本的に四つに分けることができる。火、風、水、土の四種類に。これら四つは四大元素と呼ばれていて、あらゆる物質は四大元素の組み合わせ方や割合などで決まっているの。だから、四つの元素、全てを生成できれば理論上はこの世の全ての物を作り出すことができるの。と、わからないことがあったら、途中でも気兼ねなく質問してもいいわよ」

「いえ、大丈夫です」

と、言いながら、首を横に振る。

「そう、なら続けるわ。つまり魔法っていうのは、簡単に言えば、魔力で物質を生成することを言うわ。こんな風にね」

と言うとオーロイアさんの右手から火の塊が出現した。

「これは火の元素を生成したのよ」

そう言って、彼女が力を抜くと火の塊は消えてなくなる。

「他には、風、水、土の元素そのものなら、簡単に作れるわ」

と言って、オーロイアさんは風、水、土の順に次々と生成していく。

「ただ、これだけでは魔法を戦闘に活かせない。例えば、火をモンスターに向けて飛ばす必要があるでしょ。それには生成した物体と自分自身、どちらにも反発という属性を与えることで物体は勢いよく飛んでいくわけ」

と説明をしながら、彼女は生成した火の塊を前に飛ばす。「すごい」と僕は思わず感嘆の声をあげていた。

「あとは詠唱をしたり、魔法陣を展開したほうが威力は上がったりするけど、そんなことよりもまずは、魔力を操作することを覚えないとね」

そう言うと、オーロイアさんは僕のところまで寄ってきて両手をそれぞれ握る。

「えっと……」

唐突に手を握られたので、緊張してしまう。指先から伝わる体温がなんだかこそばゆい。

「手を繋ぐぐらいで恥ずかしがらないでよ。こっちまで恥ずかしくなってくるじゃない」

どうやら僕が照れくさく思っていることが伝わってしまったようで、彼女は頬をかすかに赤くしていた。

「ご、ごめん……」

「別に謝らなくてもいいわよ」

オーロイアさんは口を尖らせながらそう言うと、「ふぅ」と気持ちを切り替えるように息を吐く。

「今から両手に魔力を集めるから、それを感じる努力をして」

どうやらそのために手を握ったらしい。

それから目を閉じて、魔力を感じる努力を始めた。最初はピンとこなかったが、集中していくうちに魔力の存在を微かに感じ取れるようになってくる。

「できた！」

両手の指先に集まっている魔力を感じながら、僕はそう口にする。

「中々習得するのが早いじゃない」

と、彼女が僕のことを褒めてくれる。

「次は火を作る練習をすればいいの？」

「そんなの必要ないわよ？」

「えっ？」

「なんのために〈魔導書〉があると思っているのよ」

そういえば、まだ〈魔導書〉を活用していなかった。

「〈魔導書〉に魔力を流してみなさい」

「は、はい」

そんなことをする理由がわからないけど、ひとまず返事をして言われた通りにしてみる。

〈魔導書〉を両手で持ち、魔力を流すことを意識する。

「あっ」

と、声を出したのにはわけがあった。

魔力を流した途端、〈魔導書〉が光を放ち始めた。瞬間、膨大な情報が頭の中に流れる。

「〈魔導書〉は本来なら何年もかけて覚えなくてはいけない魔法を一瞬で覚えるための、最高峰の魔道具よ」

言葉通り魔法に関する知識が頭に流れ込んでくる。

そして、気がついたときには〈魔導書〉は消え失せていた。

「どう？　魔法は使えるようになった？」

「多分だけど……」

そう言って、僕は右の手の平を前に伸ばす。

瞬間、水の塊が発生する。

「おめでとう。水魔法を取得できたみたいね」

「ありがとう、色々と教えてくれて」

と、お礼を言いつつ気がつく。

「あっ、でも、火とか風の魔法を覚えることはできなかったみたいなんだけど」

それと、土魔法も覚えることができなかった。そう、僕は水の魔法しか習得できなかったのだ。

「〈魔導書〉で覚えることができる魔法は一種類のみよ。四つ全ての魔法を覚えられるほど、都合よくできていないわ。あとの魔法は努力して自分で覚えることね」

「そうなんだ……」

てっきり〈魔導書〉を使えば、四種類全ての魔法を覚えることができると思っていたが、世の中そう都合よくいかないようだ。

「しかし、水魔法ね。正直、戦闘じゃあまり使い物にならないわね」

「そうなの？」

「実際、普通に水をかけられても平気でしょ。まぁ、魔法の威力に関係する知性の数値が高いなら、それでもダメージを与えられるんだけどね」

確かに、火だったら、どんな小さな火でも火傷をするけど、水は当たっても濡(ぬ)れるだけで、大した影響はない。

ちなみに、僕の知性の数値は１１５と決して高いわけではない。

◆

それからオーロイアさんと一緒にファッシルダンジョンに入っては狼（コボルト）相手に魔法の実践を行った。

「〈水の弾丸（アクア・バレ）〉！」

と口にすると、右手から水の塊が勢いよく狼（コボルト）めがけて発射される。

けれど、それでダメージを与えられるかというと、そういうわけではないようで、狼（コボルト）は果敢に飛びかかってくる。

狼（コボルト）なら短剣を使えば簡単に倒せるので、問題はないんだけど。

しかし、せっかく水魔法を覚えたのに、これでは現状目くらましにしか使えない。

「あと、他に聞きたいことある？」

一通り、水魔法を扱えるようになった僕を見て、オーロイアさんがそう口にした。

「いや、もうないよ。今日は色々と教えてくれてありがとう」

「別に、このぐらい大したことないわよ。それじゃあ、わたしはこの後、約束があるからこのへんで」

オーロイアさんがいなくなった後も、僕はダンジョンで水魔法の練習をした。そして、満足すると宿に帰ることにした。

二十一話　三大巨頭会議

三大巨頭会議。

このガラボゾの町において、月一度の頻度で行われる三つのクランのリーダーが集まって会議をする場だ。

この町では、三大巨頭が実質的な町の支配者であるため、三人が一堂に会するこの場は非常に重要といえた。

「遅いな」

三大巨頭の一人、〈緋色の旅団〉のボス、ゲオルグがそう口にした。

他の二つの席は未だ空白。一つはリーダーが失踪したため仕方がないんだろうけど。

「すみません、準備に少々手間取っていまして」

と、この町のもう一つのクラン〈ディネロ組合〉に所属する冒険者が頭を下げる。

「いや、別に気にしていないからいいんだけどね」

ゲオルグは大声でそう言いながら考える。〈ディネロ組合〉のリーダーがこうして遅れるのは珍しいな、と。もしかすると、なにかしら意図してのことだろうか。例えば、遅れることで会話の主導権を握ろうといった作戦であるとか。

そんなことを考えていると、後ろから足音が聞こえる。

「いやー、ゲオルグ、すまない。お客様のお相手をしていてね、それで遅れてしまったのだよ」

見ると、そこには一人の男が立っていた。

痩せ型で背が高く、冒険者であるはずなのに、スーツなんかに身を包んでいる。顔は悪くないんだろうけど、どこか胡散臭い雰囲気を漂わせている。

「別にこのぐらいの遅れ、構わないよ、エックハルト君」

エックハルト。これが〈ディネロ組合〉のリーダーをやっている男だ。

エックハルトはこの場に現れたのはいいが、奇妙なことに席に座ろうとしなかった。

そのことを不思議に思っていると、

「あぁ、今日は、この席に座るのは僕じゃないんだよ」

どういうことだ？　と、ゲオルグが眉をひそめていると、少女が現れた。

「ゲオルグさんでしたっけ。遅れたのはわたしのせいなんです。大変、申し訳ございません」

そう言って少女が本来なら三大巨頭が座るはずの席に腰掛けた。

「オーロイア・シュミケットと申します。シュミケット家の長女をやっているわ」

シュミケット家と言われたら、流石に目の前の少女が何者かピンとくる。

シュミケット家はこのガラボゾの町を名目上支配している貴族だ。名目上とつくのは、実質的にはこの町を支配しているのが冒険者だからだ。

なぜ、そのような事態になっているかは、色々と複雑な要因があってのことだが、最も大きな理由はこの町にダンジョンが多いせいで、強い冒険者が多く、クランが貴族たちに対抗できるだけの戦力を有しているからだ。

「ふむ、なぜ貴族がこのような場所に？」

ゲオルグはエックハルトの方を見ながらそう言った。エックハルトも反貴族側に属する冒険者だとゲオルグは思っていた。この場に貴族を連れてくるとはどういうつもりだ？　と暗に批判したのである。

エックハルトもそれを察してか、説明を始める。

「我々〈ディネロ組合〉は貴族様相手に様々な商売をやらせてもらってますのでね。特にシュミケット家とは良好な関係を築かせてもらっています。今日はオーロイア様がどうしても出席したいとのことでお連れしたのです」

確かに〈ディネロ組合〉は商売人が冒険者に護衛してもらおうという理由で結束したクランのため、貴族とのつながりもあるのだろう。しかし、どんな理由で貴族が直々に出席をするのか想像もつかない。

「どうしても、お話ししたいことがあって無理を言ってこの場に来たのです。それで、もう一方はいらっしゃらないようですし、始めてしまってもいいかしら」

と、オーロイアがまだ空席のままの席を見てそう言う。

その席はもう一人の三大巨頭、ギジェルモが座る席だが、失踪したため、恐らく埋まることはないだろう。

そう思った矢先、一人の男がこの場にやってきた。

「よぉ、久しぶりだな」

その男は無礼な態度でそう言うと、乱暴に席に腰掛ける。

ギジェルモがリーダーだったクランは、正式に発足したわけではないので、クランとしての名前がない。

なので、そのクランの名前を呼ぶさい、便宜上、リーダーの名前を冠してギジェルモのクランと呼ばれていた。だが、ギジェルモがいなくなった今、そう呼ぶのもおかしいということで、時として〈名もなきクラン〉と呼ばれることがある。

であれば、この場にやってきた男を表すなら、こう表現するのが最も適切なはずだ。

先代〈名もなきクラン〉リーダー、ワルデマール、と。

そう、この場にきたのは、ギジェルモ以前にリーダーをやっていた男だった。

「久しぶりじゃないか、ワルデマール。てっきり、この町にはもう来ないもんだと思っていたよ」

そうゲオルグが挨拶をすると、ワルデマールは「少し野暮用があってな」と苛ついた表情でそう口にする。

オーロイアだけが、ワルデマールのことを知らなかったようで、エックハルトがこっそり耳打ちをして彼が何者なのか伝えていた。そして、先代のリーダーであることを知ると、この場にいる権利があると判断したようで、彼が座ることに対し納得した表情をする。

「それじぉ、早速本題に入りたいのだけど」

と、オーロイアが主導権を握るようにそう言う。最も年下の彼女が進行するのは気に食わない、と他の者たちは思ったが、態度に表すのはその本題を聞いてからでもいいだろう。

「わたしがここに来た理由は、トランパダンジョンの隠しボスを倒すことで得られる初回クリア報酬が、この町の未来を揺るがす物だったので、その報告と対策をするためよ」

どういうことだろう？　と、ゲオルグは思った。

確かに、トランパダンジョンの隠しボスが最近見つかったことはゲオルグも聞いていた。

だが、恐ろしく強いボスだと聞いていたため、討伐をためらっていたゆえに、初回クリア報酬がなんなのかまでは把握していない。

「ちっ、すでに知っていたか。情報料を高く売るために、ここに来たのに無駄足だったじゃねぇかよ！」

ワルデマールが舌打ちをする。どうやら彼も隠しボスの討伐の初回クリア報酬がなんなのか知っているようだ。

だとすれば、知らないのはこの場でゲオルグただ一人ということになる。

「それじゃ、もったいぶってても仕方がないから言うけど、トランパダンジョンの初回クリア報酬は、ずばり情報だったわ」

「情報？」

ゲオルグが顔をしかめる。

情報が報酬だなんて、未だかつて聞いたことがない。

「そう、情報。近々、この町にレイドモンスターが出現するっていうね」

レイドモンスター。

恐ろしい単語に、ゲオルグは絶句した。


レイドモンスター。

それを一言で語るのは難しい。

この世界には、過去様々なレイドモンスターが出現した歴史があるが、どれも一概には説明し難い特徴的な個性を持っていた。

ただ一つ、明確な共通点を語るなら、レイドモンスターを放っておくと、国一つが簡単に滅ぶ。

だから、そうなる前にレイドモンスターを倒す必要がある。

「まず、経緯から説明させてもらうわ。数ヵ月前、トランパダンジョンに隠しボスがいるんじゃないかっていう噂が流れたでしょ」

「それは把握していた」

確かに、そんな噂が流れたのはゲオルグも知っていた。

しかし、隠しボスなんているはずがない、とゲオルグは判断したのも覚えている。なぜなら、この町には昔からダンジョンがあり、数多くの冒険者たちに攻略されてきた。なのに、今更新たな隠しボスが見つかるなんてあり得ない、そう思ったのだ。

「そこでわたしは隠しボスが本当にいるのか調査することにした。理由は興味本位が半分と、なんらかの功績を残せば、この町での影響力を強められると思ったから。だけど、流石に一人じゃ不安だから、〈ディネロ組合〉から何人かの冒険者を雇ったうえでトランパダンジョンに潜ったわ。結果、隠しボスは見つけたものの、わたし以外は全滅」

彼女が今、口にしたことは冒険者ギルドを介してゲオルグも知っていた。ただ、一つだけ疑問があるが。

「オーロイア殿、一つだけ質問をいいかな？」

「ええ、別に構わないわよ」

「なぜ、隠しボスを見つけて君だけが生き残れたのかね？　別に、隠しボスの討伐に成功したわけではないんだろう？」

本来、ボスの部屋に一度入ったら、倒すまで出ることは叶わないはず。

なのに、彼女は一人でボス部屋の外に出ることができたらしい。それがどうにも不可思議だ。

「ええ、隠しボスを倒していないのに、わたしだけ生きて外に出ることができたわ。ただ、その前後の記憶を失っているせいもあって、原因は特定できていないわね。恐らく、トランパダンジョンは転移トラップがたくさんあることで有名なダンジョンだから、その類いのトラップを偶然踏んで脱出できたと推測しているけど」

と、オーロイアが説明するが、ゲオルグは彼女がまだなにか隠しているようにも思えた。

とはいえ、これ以上追及しても、なにか出てくるとは思えないので、納得した仕草をするが。

「ここからは私が説明したほうがよろしいと存じますので、大変僭越ながら口を挟ませてもらいます」

　と、ずっとオーロイアの後ろに立っていた〈ディネロ組合〉リーダー、エックハルトがそう言った。

　オーロイアが目もくれず「ええ、お願い」と口にしていたことから、事前にこうするよう打ち合わせていたのだろう。

「オーロイア様から隠しボスの情報を受け取った我々は早速、攻略すべく動き出しました。その上で、一つの事実が浮かび上がりました。どうやら隠しボスは数ヵ月前に出現したようです」

「つまり、なにかね？　最近まで、隠しボスは存在すらしていなかったということかい？」

「ええ、ゲオルグ様の言うとおりです」

　確かに、合点がいく話ではある。

　かつてよりたくさんの冒険者たちがトランパダンジョンを攻略していたのに、最近まで隠しボスの存在を確認できなかったのは奇妙な話だと感じていた。

　だが、そもそも隠しボスが最近現れたというなら納得だ。

「とはいえ、隠しボスが唐突にダンジョンに出現するのは奇妙な話ではありますから、我々は攻略を急ぐことにしました。事前に、オーロイア様から頂いた情報もあり、隠しボスが非常に強力であることも把握していましたので、〈ディネロ組合〉の持つ最強戦力で挑むことにしたのです。幸いにも、隠しボスのエリアには人数制限もありませんでしたしね」

普通、ボスエリアには一度に入れる人数が決まっている。ガラボゾの町にあるダンジョンなら、最大六人までとなっているのが一般的だ。

「それで無事、倒すことはできたのですが、困ったことに初回クリア報酬が最悪なことが書かれていた情報だったのです」

そう言って、エックハルトはテーブルの上に大きな石板を置く。その石板に文字が彫られていることが遠目にもわかる。

「ちっ、やっぱり同じやつだったか」

と言って、ワルデマールも石板を懐から取り出す。

つまり、ワルデマールも隠しボスを討伐してきたということなんだろう。

「ええ、詳細については石板をお読みになればわかると思いますよ」

言われたとおり、ゲオルグは石板を手に取り、なにが書かれているか目で追った。

『宵の明星が輝くとき、獰猛な魔物がこの町に出現するであろう。この町の全戦力を用いてかかってくるが良い。さもなければ、この町は消滅するであろう』

書いてあることは非常に単純なことだ。

宵の明星が空に浮かぶのはおよそ二週間後。その日にレイドモンスターがこの町に出現する。もし、倒せなければこの町は消滅する。

「すでに、私共では非戦闘員の避難を始めています。もし、よろしければ、あなた方にも協力を賜りたい」

「ええ、それはもちろんだとも」

ゲオルグは了承する。

町の危機ならば、〈緋色の旅団〉のリーダーとして協力を惜しむつもりはない。

「ふんっ、俺はもうこの町の人間じゃねぇ。協力してほしいなら、他のやつに頼むんだな」

ワルデマールはそう言うと乱暴に立ち上がり、用は済んだとばかりにどこかに行こうとする。

彼が非常に腕の立つ冒険者だということをゲオルグは知っているため、協力してもらえたら戦力として非常に助かるのだが、彼の言い分にも一理あると思ったので、無理に頼むつもりはない。

他の者もそう思ったようで、退席する彼を止める者はいなかった。

「大きな懸念点といえば、ギジェルモの不在でしょうね」

エックハルトの言葉にゲオルグも同意する。

レイドモンスターは全員で協力しないと倒せないモンスターだ。その点において、〈ディネロ組合〉と〈緋色の旅団〉は問題はないだろうが、〈名もなきクラン〉は現状、リーダーが不在である以上、まとまるのは難しい。

先代のワルデマールがリーダーを務めてくれるなら、それも解決するのだろうが、さきほどの発言から、その気はないのだろう。

誰かいい人材がいればいいのだが、とゲオルグは静かに考えていた。

◆

同時刻。

宿屋にいた名称未定は本をちょうど良いところまで読み終え、そろそろ料理の準備にとりかかろうとしていたところだった。

「名称未定ちゃんは没になったレイドモンスターですからね。つまり、名称未定ちゃんと違って没にならなかった、つまり正式に実装されるレイドモンスターがいるってことです。きひっ、そろそろお目覚めのようですね」

彼女はまだ遠くにいる同胞の気配を感じながら、そう独り言を口にしていた。

二十二話　新しい目標

「うーん、難しいなぁ」

僕はベッドに横になりながら、両手を上に掲げて、水魔法の練習をしていた。

両手から、水の塊を作り出す。水の塊をフワフワと浮かせることはできるが、細かく制御できるかというとそんなことはない。

力を抜くと、浮いていた水の塊は重力に従って下に落ちる。

「うぎゃっ」

ちょうど僕の顔に水が落ちてきてしまったので、思わず声をあげてしまった。

「やっぱり戦闘では使えそうにないか」

とはいえ、諦めるのはまだ早いだろう。最終的に魔法を使えるようになれば、戦術の幅が広がり今よりもずっと強くなるのは確か。

そのためには、ステータスの知性の数値を上げるのがいいんだろうけど、一つ問題がある。

レベルを上げる際に、ステータスが上がるのはもちろんのことだが、その際、どの数値が上がるかには一定の法則がある。

それは、モンスターを倒した際に最も活用したステータスが、他と比べ上がりやすいというものだ。

具体的に説明すると、レベル1のとき、僕の攻撃力はたったの10だった。それに比べ、知性は60と知性の数値のほうが上回っていたわけだ。

だが、現在レベルが48になった今、攻撃力が164に対し、知性は115となっている。

そう、レベル1の段階では知性のほうが上回っていたのに、現状では攻撃力のほうが高い。

それは僕が短剣を主に使って、モンスターを倒していたせいで、攻撃力の数値が上がりやすかったからだ。

つまり、知性を上げるには魔法を使ってモンスターを倒す必要があるわけだが、今の水魔法では最弱の狼(コボルト)すら倒せそうにないため、正直難しい。

だが、僕には一つ秘策がある。

この前、アレアトリオダンジョンを周回して〈暁闇の杖〉という武器を手に入れたことを思い出す。

〈暁闇の杖〉は装備するだけで、知性が１０００も上がる優れもの。

これを装備できれば、僕の知性がいくら低くても強力な魔法を扱えるはず。

ただ、〈暁闇の杖〉には装備推奨レベルが70という壁がある。僕はまだレベルが48なので、非常に遠いな、と感じた。

「よしっ、がんばってレベル上げをしよう！」

誰に言うでもなく、そう宣言をして僕はベッドから起き上がる。

「それじゃぁ、行ってくる」

僕は部屋を出る前に名称未定にそう言う。空返事だったが、まぁいつものことなので、気にせず外にでた。

◆

レベル上げは自分より強いモンスターを倒したほうが効率がいい。

となれば、今の僕にとって最も効率が良さそうなダンジョンはアレアトリオダンジョンになるだろう。

〈魔導書〉を手に入れるべく、何度も周回したダンジョンだし、道中のモンスターなら、難なく倒すことができるはずだ。

「と、待てよ……」

ふと、頭の中に妙案が浮かぶ。

「同じ〈魔導書〉をもう一度使えばどうなるんだ？」

〈魔導書〉のおかげで、水魔法を習得できた。だが、火、風、土が残っている。

オーロイアさんは独学でなんとかしなさいと言っていたが、僕なら〈魔導書〉を複数個、手に入れることが可能だ。

なぜなら、初回クリア報酬を何度も手に入れることができるから。

「よしっ、アレアトリオダンジョンをまた周回しよう！」

最初はレベル上げのつもりだったが、こうなったら〈魔導書〉をたくさん手に入れるまで、何度だって周回してやろうじゃないか！

二十三話　周回と邂逅

アレアトリオダンジョンに入って早々、モンスターと遭遇する。

「グルル……ッ」

◁◁◁◁◁◁◁

〈巨大爪狼(ガラ・ローボ)〉

討伐推奨レベル：53

巨大な爪を持った狼。俊敏な動きで巨大な爪を振り回す。

▷▷▷▷▷▷▷

巨大爪狼(ガラ・ローボ)はこのアレアトリオダンジョンに最も多く生息しているモンスターだ。

以前なら、一人で倒すのが厳しかったため、モンスター同士を攻撃し合わせるよう誘導して、それぞれが争っているうちに両方倒すなんて戦法を使っていたが、その頃に比べたら、それなりにレベルが上がっているはず。

力試しのつもりで、一人で戦ってみようか。

「〈水の弾丸(アクア・バレ)〉」

右手を突き出し、水の塊を発射する。もちろん、当てたところでダメージを与えられないのは百も承知。

とはいえ、警戒はするはずだ。

「――ッ！」

読みどおり水の塊から逃れるため、巨大爪狼(ガラ・ローボ)は体を横にそらそうとする。

この隙さえ作れたら、僕にとっては魔法を使った意義がある。

一瞬でモンスターに接敵し、短剣を突き刺すそぶりをする。

「〈必絶(ひつぜつ)ノ剣(つるぎ)〉」

スキルを使って、確実に仕留めることにする。

◁◁◁◁◁
レベルが上がりました。
▷▷▷▷▷

と、メッセージが表示された。

モンスターを倒したってことだろう。

死骸となった巨大爪狼(ガラ・ローボ)を〈アイテムボックス〉に収納し、代わりにＭＰ回復薬を取り出す。

ＭＰを消費しすぎたので、飲むことにしたのだ。

飲んでもすぐにＭＰを回復できるわけではないが、次にモンスターと遭遇するまでには回復しきれているはず。


その後も順調にモンスターを倒しながら、ダンジョンを進んでいく。

ただ、予想通りではあるが水魔法を使う機会がほぼなかったので、レベルアップの際、知性の数値はほとんど上がらなかった。

そして、いつものごとくボスエリアで壁抜けをして報酬エリアにたどり着く。

報酬エリアといえば、初回クリア報酬だ。

といっても、あまり期待していなかった。

さすがに二連続〈魔導書〉が手に入るなんて、ありえないからだ。

「あっ」

しかし、宝箱の中身を見て、僕は唖然(あぜん)としていた。

「これ〈魔導書〉だ」

どうやら僕は再び、〈魔導書〉を手に入れたようだった。

◆

せっかく〈魔導書〉を手に入れたんだし、早速使うことにする。

確か、魔力を通して――

「うっ」

魔力を〈魔導書〉に流した途端、光を放ち始めたので、思わず目をつぶってしまう。

そして、気がついたときには光が止んでいた。

◁◁◁◁◁◁

〈土魔法・初級〉を習得しました。

▷▷▷▷▷▷

「今度は土魔法か」

できれば火魔法を覚えたかったけど、仕方がない。

早速、使ってみようと思い手を伸ばし詠唱をする。

「〈石の礫(グレイバ)〉」

すると、手から小石が発射される。

うん、まず小石がすごく小さい。小石と呼ぶより砂と呼ぶべきなんじゃないかというぐらい小さかった。

これなら手で石を投げたほうがまだマシだ。

「これじゃぁ、当分使えそうにないな……」

軽く落ち込みながら、転移陣を使ってダンジョンの外に出る。

それからモンスターの素材を換金してもらい、本屋に立ち寄ることを思いつく。

名称未定になにか本を買ってあげよう。

「なんかいつもより騒がしい？」

ふと、人通りの多い道を歩きながらそんなことを思う。

いつも賑(にぎ)やかな通りではあるが、普段とはなにかが違う。皆が切羽詰まった様子で話し合っているような……。

なにか事件でもあったのかな？　と不安になるが、ひとまず早く用を済ませようと本屋に入る。

「これ、いいかも」

名称未定になんの本がいいか物色していたら、気になる本を見つけた。

タイトルは『魔法の教本』と書かれている。試しに中身を読んでみると、魔法に関しての様々なことが書かれていた。

オーロイアさんは魔法は本来なら何年もかけて覚えるものと言っていたし、こういう本を読んで学ぶのが普通なんだろう。

悪くない機会だし、買って読んでみるのもいいかもしれない。

そう決めた僕は『魔法の教本』と名称未定が読むための本をもう一つ買って、本屋を出る。

「よぉ、捜したぜぇ」

「――ッ!!」

歩いてる真後ろから話しかけられる。

驚いた僕は胸にざわつきを覚えながら後ろへふり向いた。

「なんで、ベンノのせがれがまだ生きてやがるんだぁ？」

そいつは僕の知っている顔だった。

この男はこの町を出ていったはずなのに、なんでここにいるんだ？　そう思いながら、僕は彼の名前を呼ぶ。

「ワルデマールさん」

と。

二十四話　決断

「ぼ、僕になんの用ですか……？」

そう言った僕の声は震えていた。

それもそのはず。目の前にいる男、ワルデマールはギジェルモの前にリーダーを務めていた男だ。

「あん？　なんで、そんなビビってるんだよ？　俺たち知らない仲じゃないよな？」

確かに知らない仲ではない。僕の父親と仲がよく、その縁で何度も顔を合わせたことがある。

「お前の死にかけの妹は流石に死んだか？」

「いえ、一応まだ生きています」

「へぇ、それはよかったな」

と言いつつ、ワルデマールは僕のことをじっくりと観察するように見回す。

そして、こう呟いた。

「お前、もうレベル１ではないな」

ほぼ確信めいた口調だった。

僕は戸惑う。肯定すべきか否か。僕が『永遠のレベル1』と呼ばれていたことは、もちろんこの男も知っているはずだ。

その僕がレベル1を脱したことは非常におかしな話ではある。

とはいえ、ここで否定したところで、調べれば簡単に僕がレベル1を卒業したことはわかるはず。

だから、僕は肯定することにした。

「はい、もうレベル1ではないです」

「くっははっ、そうかそうか！　ベンノのせがれがとうとうレベル1を卒業したか！」

なぜかワルデマールは大声で笑い始める。なにがおかしいのか、理由がわからず、ただただ不気味だ。

「俺はよう色んな冒険者をこの目で見てきた。だから、冒険者を一目見れば、その男がどんな人生を歩んできたかわかるんだよ」

そう言いながら、ワルデマールは僕のことを覗き込み、

「ベンノのせがれ、お前たくさんの死線をくぐってきたな？」

「………………」

はいともいいえとも答える気にはなれなかった。ホントこの男がなにを目的としているか、僕にはわからない。

「ギジェルモもお前が殺したんだな」

「――ッ！」

なんでそのことを知っているんだ！　と、僕は思わず驚愕する。

「くっははっ、やはりな。表情に出るからわかりやすい」

そう言われて、しまったと思った。どうやらカマをかけられたらしい。

「……僕にギジェルモを殺せるわけがないじゃないですか」

僕は否定しようとなんとか取り繕おうとする。

「だったら、ここで証明してみようか」

そう言って、ワルデマールは背中に背負っている大剣に手を伸ばそうとする。

まさか、ここで決闘でもするつもりか！　と思い、僕は慌てて短剣に手を忍ばせる。

「くはっはっはっ、冗談だぜぇ！　こんなところでやるはずがねぇだろ！」

と、彼がまた笑い出す。

そして、笑うのをやめると真面目な口調で、こんなことを言い始めた。

「なぁ、ベンノのせがれ。この町にレイドモンスターが出現することは知っているか？」

「は――？」

レイドモンスター、という単語に僕は驚愕する。

レイドモンスターといえば、名称未定がそもそもレイドモンスターだったはずだ。まさか、名称未定がモンスターとして町を荒らしたのか？　というふうに思考して、すぐ否定する。

ワルデマールの言いぶりからして、レイドモンスターはこれから出現するのであって、すでに出現したわけではない。であれば、名称未定がなにかやらかしたというわけではなさそうだ。

「それで今、皆が大慌てしているのさ」

さっき感じた違和感はそのせいか。確かに、レイドモンスターが現れることを皆が知れば、慌てるのも無理はない。

「特に慌てているのはギジェルモのクランだな。リーダーが失踪しているせいで、誰がリーダー役をするか揉めに揉めている。レイドモンスターは全員で協力しないと倒せないからなぁ。あのクランがこのまま、まとまれなかったら、負けは濃厚だ」

「ワルデマールさんがリーダーをやればいいのでは？」

先代のリーダーである以上、十分資格はあると思うが。

「嫌だね。俺はこの町を出ていった人間だ。もう一度クランのリーダーなんてやるつもりはない。それに俺以上に、リーダーの素質があるやつがいる」

ワルデマール以上にリーダーの素質を持っている人なんているだろうか？　と思いながら、話を聞いていた。

「お前だよ」

と、彼は僕のことを指差しながらそう言った。

「ベンノのせがれ、お前がクランのリーダーをやれ」

「えっと、僕には務まらないと思いますが……」

ワルデマールの意図がわからない。僕にクランのリーダーなんてやれるはずがないのに。

「お前の意思は関係ない。お前がやるんだよ」

「えっと、ですが、他の人が僕をリーダーと認めないでしょうし、それに候補は他にいるって聞いています」

「あぁ、確かに有力な候補はいるようだ。だが、そんなの問題ない。今度、クランのリーダーを決めるため、大きな大会を開くことにしたらしい。それで勝てば誰も文句は言えない」

「そ、そうなんですか……」

「それにお前も参加しろ」

どうしよう……。大会に出たいなんて微塵も思わない。

だから、断ろうと思って――

「ベンノのせがれ。俺にはお前の願望がよくわかる。お前、誰よりも強くなりたいんだろ」

「それは、はい、そのとおりです」

僕は迷いなく即答していた。

妹を守るため、そして救うためにも誰よりも強くなるとずっと前に決めたはずだ。

「いいか、レイドモンスターを倒すことができれば、貢献度順に豪華な報酬が手に入る。強くなるには、報酬は絶対に必要なものだ。そして、貢献度を上げるにはクランのリーダーになることが必須だ」

そう言われて、僕は目を見開く。

レイドモンスターを倒すことで手に入る報酬。そんなことまで、頭が回っていなかった。

「それに、もしレイドモンスターを倒せなければ、この町は終わりだ。であれば、戦わない選択肢はお前の中にないはずだろ」

「か、考えておきます」

「いい返事だ。お前が参加するとわかれば、セセナードも喜ぶだろう」

「え……？」

とっさに口にする。

セセナード。

一度、名称未定を攫おうとした男だ。

そういえば、セセナードもあのクランのリーダーになると宣言していた。

「あぁ、クランのリーダーになるならば、セセナードに勝たなきゃなぁ！」

そう返事をして、ワルデマールは立ち去ろうとする。

けど、一つだけ疑問が浮かんだ僕はとっさに声をかけた。

「ワルデマールさん。あなたはなにが目的なんですか？」

話を聞いていると、僕を戦地に向かわせたい。そんな意図をこの人から感じる。それが、なぜなのか僕にはわからない。

「お前がレイドモンスターに勝つことができたら教えてやる」

そう言葉を残して彼はいなくなった。

◆

「くっはっはっ、本当にベンノのせがれが生きてやがった」

アンリと別れた後、ワルデマールは酒屋で気分よく呑んでいた。

「まさか、そっちに転ぶとはな」

意味深なことを呟く。

ギジェルモにアンリを殺すようけしかけたのは他でもない自分だ。だから、とうの昔にギジェルモによって殺されていると思っていた。

だというのに、アンリはこうして生き残っている。

「ベンノよぉ。これはおもしろいことになりそうだぜぇ」

そう言いながら、ジョッキに入った酒をグイッと呑む。

「だが、ベンノのせがれにはもっと試練を与えてやらねぇとな」

そう呟くと同時、扉を開く音がした。

「よぉ、待っていたぜ、セセナード」

「遅れて申し訳ありません！　ワルデマールさん！」

入ってきたのはセセナードだった。

「この度はありがとうございます。僕がリーダーになるお膳立てのために大会を開いていただいて‼」

「この程度、なんてことはねぇよ。これで勝てば、お前がリーダーになることに誰も文句は言えなくなる」

そう言って、二人は笑う。

「問題があるとすれば、他の候補者ですかねえ。残虐のハビニール、攻撃力最強のセフィル。ですが、ハビニールは一匹狼のため多勢で挑めば問題はありません。セフィルは恐らくリーダーになることに執着していないので、大会には参加しないでしょう。後は、僕の部下たちを使えば、大会は有利に進められるはずです！」

そう言って、セセナードはせせら笑う。

「いや、もう一人要注意人物がいる」

余裕だとばかりに笑うセセナードを窘めるように、ワルデマールがそう口にした。

「ほう、一応聞いておきましょう」

「アンリだよ。あいつには気をつけたまえ」

「アンリ？　あぁ、あの負け犬がなんだというんです？」

予想外の名前にセセナードは思わず笑ってしまう。

「アンリも大会に出るみたいだからな」

「クッハハハハハッ！　あんな負け犬、僕なら簡単にひねり潰せますよ‼　しかし、アンリくんが参加してくれるなら、楽しみだなぁ。彼をまた虐めることができるんだから」

そう言って、セセナードは頬を染めて、体を悶えさせる。

「楽しみにしているぜ」

　そう言って、ワルデマールは不敵な笑みを浮かべた。

二十五話　過去

　父さんが帰ってこなくなった日のことは忘れもしない。

　妹のエレレートはその頃から調子が悪くなってベッドで寝込むようになっていたが、その日はいつにもまして具合が悪いようで僕はつきっきりで看病をしなくてはいけなかった。

「お兄ちゃん、ごめんね……。心配かけて」

「無理してしゃべるな。今は休むことだけ考えて」

「……うん」

　エレレートはそう言って、目をつぶる。僕は水で冷やしたタオルをエレレートの額にのせた。

　その日は冬一番の寒気で雪こそ降っていなかったが、外はとても寒かった。だから、薪ストーブを使って部屋を暖めつつ、父さんの帰りを待ち続けた。

　けれど、いつまでも経っても父さんは帰ってこなかった。

　次の日もその次の日も父さんの帰りを待った。

「お父さん、いつ帰ってくるのかな……？」

　エレレートが不安そうにそう言う。

「大丈夫、いつか絶対帰ってくるよ」

そう言って、元気づけながら、僕だって内心不安だった。

それから一週間待ち、一ヵ月待ち、そして、半年待っても父さんは帰ってこなかった。


父さんが死んだと確信してすぐ僕は冒険者として生活することを心に決めた。

その日のうちに神殿に行き、ステータスを手に入れた。けれど、そのステータスは冒険者としてやっていくにはあまりにも貧弱だった。

そのせいで、僕はどのパーティーにも入れてもらえなかった。

「あの、お願いします！　パーティーに入れてください！」

けれど、妹のために僕はなんとしてでもどこかのパーティーに入る必要があった。

「そうだね。荷物持ちとしてならかまわないよ」

唯一僕を受け入れてくれた男がいた。

「僕はセセナードだ。剣士をやっている、君は？」

「アンリです。よろしくお願いします！」

この後、僕はギジェルモのパーティーに加入するのだが、それよりも前にセセナードがいるパーティーに所属していたのだ。

そして、今思えば、このセセナードという男はギジェルモよりも卑劣だったかもしれない。

◆

その日は僕が初めて冒険者としての活動をする日だった。

ダンジョンの中、セセナードをリーダーとするパーティーの後方から僕は荷物を持って、皆についていった。

まだ慣れない作業も多く、同じパーティーのメンバーに怒鳴られながらもなんとか命令をこなしていた。

「ねぇ、アンリくん。荷物持ちにとって最も大事なことはなにかわかるかい？」

道中、セセナードが話しかけてきた。

すでにダンジョンの中層まで入り込んでいたときだ。

「えっと、に、逃げ足ですかね？」

とっさに僕はそう答える。

逃げ足があれば、荷物を魔物から守ることができるはず。

「いや、違うね」

けれど、セセナードは否定した。

「必要なのは、魔物にどれだけ襲われても荷物を手放さないという我慢強さだよ」

「勉強になります」

「そうだ。せっかくだし、少しだけ特訓をしてみようか」

セセナードがそう言った瞬間、ドスンと鈍い音が鳴る。

「え？」

そう呟いた次の瞬間、僕は体のバランスを崩して地面へと倒れる。

頬がヒリヒリして痛い。

「ほら、良くない。殴られたとき、荷物を守ろうとしていなかった」

「えっ」

荷物へと視線を移す。

突然、セセナードが僕の頬を殴ったのだ。あまりにもとっさのことで荷物のことなんて頭にはなかった。

ブルン、と風を切る音がする。再び、セセナードが拳を振るって僕の顔面を殴ろうとしていた。

これは特訓なんだ。

そう頭に言い聞かせながら、背負っていた荷物を潰さないように体の前へと持ち直す。

体が壁へと激突する。鼻から血が出て、視界がぼやける。

痛い。

けれど、我慢しないと。

そう思いながら、僕は立ち上がった。

「これで、どうですか？」

これならセセナードも僕のことを認めてくれるだろう。

「まだだ」

そう言って、また殴られた。

あれ？　これは本当に特訓なのか？

今はダンジョンの攻略中だ。いつ、魔物に襲われるかわからない。それなのに、これ以上殴られたら、流石に身の危険を感じる。

「あの、セセナードさん、いい加減ダンジョンの攻略に戻ったほうがいいんじゃないですか？」

「おいおいおい、アンリくぅううううん!!　この僕に指図とは、一体いつから偉くなったんだい？」

「ご、ごめんなさいっ！」

「いいから、この僕に黙って殴られてよ!!」

そう言って、再びセセナードは拳を振るう。

さっきから殴られた箇所がヒリヒリとして痛い。これ以上殴られるのはイヤだ。

「〈回避〉」

だから、スキルを使って無意識のうちに拳から避けた。

当然、セセナードの拳は空を切る。

「アンリくぅううううん!!　なんで避けるのよぉおおおお!!」

セセナードが絶叫した。

目は血走っており、瞬きは一切してしない。その異様な姿に思わず身が竦(すく)む。

「よし、これでもう動けないな」

そう言われて気がつく。

仲間の一人が僕のことを羽交い締めにしていた。僕の力では逃げ出すことができない。

「なんで、こんなことを⁉」

絶叫した。

彼らが一体なにを考えているのか全く理解できない。

「それはセセナードさんがこうやって初心者を虐めるのが大好きだからだよ。残念だけど、お前はセセナードさんに目をつけられたときからこうなる運命だったんだ！　なんせセセナードさんは初心者虐めって言われてるんだからよぉ！　ほら、セセナードさん、俺がこうして押さえておきますので存分に気が済むまでこいつを虐めてやってください！」

いやだ。なんで、僕はこんな目に遭わなきゃいけないんだ。

セセナードさんの顔を見る。

興奮しているのか鼻息が荒く、目は大きく見開いている。

「アンリくぅ――――ん‼　精々いい悲鳴を出してねぇええ‼」

そう言って、僕のことを殴る。

「いいかい！　君みたいな負け犬が冒険者をやってはいけないんだよぉ‼　わかるだろ、そのぐらいのことぉ‼　君がこうやって殴られ続けるのは、君が悪いんだよぉ‼」

それから何度も何度も殴られ続けた。

「やめて」と叫ぶも手が緩まることはない。

痛みで体中が悲鳴をあげ、肺が潰れて息をするのさえ苦しい。気がつけば、僕は意識を失っていた。

そして、数時間後目を覚ましたときに、ダンジョンの奥地に一人取り残されたことを知る。

すでに全身はボロボロだ。

立ち上がろうとしただけで体の節々が痛みで悲鳴をあげた。

この状況で、モンスターに襲われたら死を覚悟するしかない。けど、死ぬわけにはいかない。だって、僕には家で待っている妹がいるんだ。

それから僕は這(は)ってでもダンジョンを進み続けた。

モンスターを発見したら基本姿が見えなくなるまで隠れ続ける。それでも見つかってしまったときは〈回避〉を使って、なんとか逃げる。そうやって慎重にダンジョンを進む。念のため、購入しておいたダンジョンの地図がとても役に立った。

それでも何度も心が折れそうになった。

そのたび、エレレートのことを思い出し、必死に進んでいく。

慎重に進んだため、ダンジョンを脱出するのにあまりにも長い時間がかかってしまった。

「外だ……」

日の光を見て呟く。

結局、ここまで来るのに二日もかかってしまった。

「うっ」

安心したせいで気を失いそうになる。けれど、寸前のところで気を保つ。

家に帰らないと。エレレートが待っている。

「ただいま、エレレート」

「お兄ちゃん‼」

帰った瞬間、エレレートが抱きついてきた。今日は立ち上がれる程度に調子がよかったようだ。

「お兄ちゃん、心配したんだから……‼　本当、本当によかったよぉ……！」

それからエレレートはわんわんと泣き始める。

だから、ごめんと呟こうとして、その前に僕は気絶してしまった。


これが初めてダンジョンに行ったときの記憶である。

二十六話　受付

「ねぇ、レイドモンスターについて教えてほしいんだけど」

翌朝、僕はそう名称未定に尋ねていた。

「ふんっ、聞いてどうしたいんですか？」

「えっと、この町に今度、レイドモンスターが出現するらしいからさ。詳しいんでしょ。だって——」

お前もレイドモンスターだから、と言いかけて口をつぐむ。人をモンスター呼ばわりするのは失礼かもしれない、と思ったから。それがたとえ事実だとしても。

「……別に教えることなんてありませんよ。レイドモンスターは個体ごとに特徴が異なりますからね。ただ、逃げるなら早くしたほうがいいです。そのうち町の外に出られなくなります」

「えっと、どういうこと？」

「遮断されるんですよ。町の外と中が」

そう言われて僕は慌てる。

今住んでいるここは宿屋だし、荷物はすべて〈アイテムボックス〉に入れてしまえば、なにも失うことなく町から避難することができる。

「ひとまず町の外に行ってみよう」

それから荷物をすべて〈アイテムボックス〉に収納したうえで、名称未定と共に町の外に行こうとした。

町を守りたいなら、ここに残るべきなんだろうが、なにより大事なのは名称未定だ。

彼女を守れるなら、逃げるという選択肢も悪くはないはずだ。

「遅かったか……」

名称未定を連れて町の外に出ようとして、僕は呟く。

町を包み込むように、すでに結界が張られていた。出ようとしても、透明な壁のようなものに阻まれる。

昨日はこんなのなかったはずだから、さっきできたばかりなのだろう。

これで、レイドモンスターを倒すしか選択肢がなくなった。

「強いのか？　レイドモンスターって？」

「そりゃあ、強いでしょうね。まぁ、名称未定ちゃんほどではありませんが」

「そうか」

名称未定がここまで言うってことはよほど強いんだろう。

「やぁ、アンリくん久しぶりだねぇ。あと、妹ちゃんも」

ふと、第三者の声が真後ろから聞こえた。

「セセナード……‼」

振り返ってその人の顔を見て、反射的に叫んでしまう。

なんでセセナードがこんな場所にいるんだ。

「まさか、また僕たちを襲うつもりか‼」

「襲うだなんて、人聞きが悪いなぁ。あぁ、でもアンリくんが僕の邪魔をするっていうなら話は別だけど。聞いたところによると、クランのリーダーを決める大会に出るんだって？」

「いや、まだ出るなんて」

「出ないって言うならいいんだ。僕がリーダーとなった暁に君のことをたっぷりとかわいがってあげよう」

そう言って、セセナードは僕たちのことをねっとりとした視線で見つめる。

瞬間、僕は確信した。

こいつをリーダーにしてはいけない、と。

「今、決めた。クランのリーダーになるのはこの僕だ。お前みたいなやつをリーダーにするわけにはいかない」

「クッハハハハハハハッッ!!」

なにがおかしいのか突然、セセナードが笑い始める。

「いいねぇ、いいねぇ!! 君を初めてダンジョンにつれていったときを思い出すよぉお!! 僕は君がね、ダンジョンから生き延びたと知って、心の底から嬉しかったんだ! あぁ、これでまた君の絶望した顔が見られるってねぇ!! なのに、あの後ギジェルモが君のことをかわいがったせいで、僕は手が出せなくなってしまった。あぁ、だから、ギジェルモがいなくなって、一番喜んだのはこの僕さ!!」

セセナードは両手をあげて天を崇めるかのような姿勢で話した。

「お前がなにを考えているのかよくわからないが、お前が妹と僕に害をなすというなら、僕はお前を許さない」

「くっはっはっは、いいねぇ。かっこいいよ、お兄ちゃん。だからこそ、屈服させがいがある。僕はね、初心者虐めと呼ばれているが、決して殺しはしないんだ。なんせ、僕にとって最上の褒美は僕に恨みを持ったやつを圧倒的な力でねじ伏せることだから」

言いたいことを言い終えたようで、セセナードは「では、また会おう」と言い立ち去る。

その背中を見送りながら、改めて決意する。

僕がクランのリーダーになって、レイドモンスターとの戦いで活躍するんだ。

それから名称未定を宿屋まで送った後、情報収集を始めた。

すでにレイドモンスターのことは町の住人すべてが知っているようだった。町に張られた結界のこともあるだろうが、今朝方、冒険者ギルドがレイドモンスターが出現することを正式に発表したらしい。

出現する日付もわかっており、今から十三日後とのことだ。日付がわかったのは、新しく発生した隠しボスの初回クリア報酬がレイドモンスターに関する情報だったためとのこと。

町に張られた結界は今朝出現したらしく、昨日の段階でレイドモンスターのことを知り避難を決めた者は町から脱出することができたらしいが、ほとんどの者は避難することが叶わなかった。

町の外へも救援要請をし、戦える冒険者を募る予定だったらしいが、結界のおかげでその計画も頓挫したらしい。

それから、昨日ワルデマールが言っていた通り、ギジェルモのクランが新しいリーダーを決めるべく、大会を急遽（きゅうきょ）行うことになったのも、本当だと知れた。

だから、僕はその会場に足を運んでいた。

もちろん、クランのリーダーになって、名称未定を守るため。

古びた扉を開けると酒の匂いが鼻孔をついた。

場所はギジェルモが懇意にしていた飲み屋だ。飲み屋でどうやってリーダーを決める大会を開くんだろうか？　と、疑問に思ったが、ひとまず行ってみることにした。

「あん？　アンリじゃねぇか？　なにをしに来たんだ？」

僕が入ってくると、酒を飲んでいたらしい冒険者が声をかけてくる。昨日から飲んでいるのか、顔中真っ赤になっている。

彼に聞けば、大会のことが詳しくわかるかもしれない。

「クランの新しいリーダーをここで決めるって聞いたんだけど」

「あん？　あぁ、そうかお前も一応〈名もなきクラン〉の一員か」

「〈名もなきクラン〉？」

「あぁ、新しいリーダーを決めるまでそう呼ぼうってことになってんだよ。誰が最初に決めたかは知らんがな」

「そうなんだ」

「それで、なにをしに来たんだ？　お前も賭けに参加したくなったのか？　誰が新しいリーダーになれるか、今賭けをしてるんだよ」

「いや、大会の参加に」

「あぁん？　誰が？」

「僕が」

そう言うと、男は僕の言葉をすぐに理解できなかったようで、少しだけ間が空いた。

「お前がクランのリーダーに立候補するってことか？」

「うん、そうだけど」

「ぶはっはっはっ！」

と、男が我慢できなくなったのを吐き出すように笑う。

「おいおい、『永遠のレベル1ではないんだけど、のお前がどうやって勝つんだよ？』」

すでにレベル1ではないんだけど、一度ついた悪名は中々消えないらしい。

「参加は自由なんでしょ？」

「あぁ、それはそうさ。誰でも参加可能。だから、俺にはお前を止める資格はない。だが、参加者は加減ができないやつばかりだからなぁ。間違って殺されちゃうかもしれないぜぇ」

「うん、わかっている」

「そうか、なら俺から言うことはもうねぇ。ほらよ」

そう言って、なにかを渡される。

見ると、腕輪のような大きさのリングだ。

「それを腕につけるなり首にかけるなり、誰にでも見えるように持っておけ。ルールは簡単だ。参加者全員が、そのリングを持っている。勝てば、相手の持っているリングを全部奪うことができる。リングを奪われたら脱落。最後の一人になるまで、リングを持ち続けていたら、そいつがリーダーだ」

なるほど。

別にこの飲み屋で戦うわけではないらしい。とにかく他の参加者からリングをすべて奪えば、大会の勝者となる。

「シンプルでいいルールだね」

「ここのクランの連中は難しいルールを覚えられないからな。このぐらいシンプルでちょうどいいんだよ」

と、男は笑いながらそう言う。

確かに、その通りだと思ったので僕も一緒に笑った。

「あぁ、あともう一つルールがあった」

と、なにかを思い出したかのように男が言葉を付け足す。

「今日の午前十二時までは参加受付中だから、まだリングの奪い合いを始めてはいけないんだよ。それだけは覚えておいてくれ」

「午前十二時。よく覚えたよ」

「だが、ここの連中は簡単なことさえ、覚えられないからな。すでに始まっていると勘違いしているやつもいるかもしれねぇなぁ」

受付の男はニタニタと笑みを浮かべながらそう言った。

「忠告ありがとう」

僕はそう言いながら、真後ろに反転しながら蹴りを加える。

「うぐっ」

そこには蹴りを加えられて、えずいている別の冒険者がいた。

どうやら真後ろから僕に襲いかかろうとしていたらしい。その腕にはちゃんとリングがある。

確かに忠告通り、時間を守らないやつがいた。

一撃だけでは、相手を気絶させられないと思い、僕は何度か急所を狙って拳や蹴りを加えていく。

気がついたときには男は気を失って倒れていた。

「ルール違反をしたのは向こうが先だし、別にいいよね」

開始時刻である午前十二時にはまだなっていないことを念頭に置きながら、僕は確認するようにリングをくれた受付の男にそう言った。

「あぁ、もちろん大丈夫さ……」

驚愕したのか、腰が引けた状態で男はそう答える。

受付の人の了承も得たことだし、倒れている冒険者からリングを奪いつつ、僕は飲み屋を出て、他のリングの所有者を探しに行くことにした。

二十七話　大会の始まり

僕は他の参加者を倒すために、リングの所有者を探し回っていた。

「いた」

僕はそう言って、ある男の前に躍り出る。

目の前にはリングを首にかけている冒険者がいた。

「おいおい、アンリじゃねぇか。なんでお前みたいな雑魚が大会に参加しているんだよ！」

僕が手に持っているリングを見て、彼はそう言う。

「戦いを始めていい？」

会話を続ける気になれなかったので、僕はそう問いかける。

「あぁ、いいぜ。どこからでもかかってこいよ」

「わかった」

「――あ？　ブゴッォ！」

次の瞬間には、彼の頭を蹴り飛ばしていた。

僕の攻撃力は正直、並以下だ。一発で与えられるダメージは低い。だからこそ、急所を何度も攻撃する必要がある。

だから、何度も攻撃を加えていく。

「ブベブベフベッ!!」

殴られるたびに、彼は豚の鳴き声のようなうめき声をあげていた。

あまりにも一方的すぎて、逆に彼のことがかわいそうになってくる。

とはいえ、勝つために仕方がないことなので、僕は攻撃の手を緩めなかった。

気がつけば、彼は泡を吹いてドテンッ、と倒れていた。

「これで三つ目、と」

彼からリングを奪い、次の所有者を探しに行く。

「あっ」

僕がそう言ったのはリングの所有者を見つけたのもあるが、もう一つ理由があった。

「よぉ、アンリじゃねぇか。お前も参加していたのか」

そう口にしたのは僕の顔見知りだった。

アルセーナくんの所属しているパーティーのリーダーをやっている人だ。

以前、毒蜥蜴ノ王(バジリスク)を倒す際、彼らと共闘した。

「以前はしてやられたが、今日は負けるつもりないからなぁ」

と、彼は気合十分のようで血走った目で僕のことを睨んでいた。

そんな中、僕は別のことを考えていた。

この人の名前、わからない。

アルセーナくんの所属しているパーティーのリーダーということは覚えているが、名前を思い出せない。

あのとき、自己紹介したっけ？　もし、していたなら、名前を忘れたのはすごく失礼だよな。

「それじゃ、遠慮なくいかせてもらうぜぇ！」

気がついたときには彼は剣を持って僕に飛びかかってきていた。

「あの、お名前なんでしたっけ？」

彼の剣をかわしつつ、僕はそう尋ねていた。

「あん？　お前、俺の名前覚えていないのかよ！　とことん、ふざけた野郎だな！」

彼は激高しながら剣を振り回すが、あまりにも剣を振るう動作が遅すぎる。これじゃ、目を閉じていても避けることができそうだ。

「そもそも、名前を聞いていなかったような気がするんだけど……」

「うるせぇ！　ふざけんなっ！」

と言いながら、彼は剣を振り回し続ける。

それでも一向に、僕に当たる気配がない。

「はぁ……はぁ……はぁ……」

かわし続けていると、彼はとうとうバテたようで、剣を地面に突き立てながら、肩で息をし始めた。

「お前、さっきから避けてばっかで、一切攻撃してこないじゃねぇか。とんだ、ふざけた野郎だなぁ！」

どこがふざけているのか理解できない。やっぱり、この人の言うことは時々わからないな。

「えっと、攻撃したら、名前を聞けなくなると思って……だって、殴ったら気絶するかもしれないし」

「な――ッ！　お前、舐めるのもいい加減にしろよ！　お前の攻撃力が低いことを俺は知ってるんだよ！　お前の攻撃なんて屁でもないね！」

いや、この前、殴って僕の攻撃が十分効くことは証明したと思うけど。

「よしっ、アンリ。俺に攻撃をしろ。そしたら、名前を教えてやる」

「え……？」

「お前の攻撃に耐えることは簡単だって、この身をもって証明してやる。だから、俺に攻撃をしろ！」

と、彼は胸を張ってそう言う。

なんか以前も似たようなことをやったな、って思いながらも頷く。

「わかった」

「いいか、手を抜くなよ。全力でやれ！」

そう彼が言うので、僕は全力で殴ることにした。

「ぐはっ」

と、彼はうめき声をあげて後方に吹き飛んでいった。

やっぱり耐えられなかったじゃん、と思いながら、名前を聞こうと彼の元に駆け寄る。

「あ――」

と、声を出したのにはわけがあった。

というのも、彼は泡を吹いて気絶していたのだ。

まさか本当に一発で沈むとは。てっきり一発ぐらいなら、耐えられると思っていたのに。

結局、名前を聞けなかったけど、まぁ、いいかと思いつつ、彼からリングを奪って、僕はこの場から立ち去ることにした。

二十八話　残虐のハビニール

「まだ、六つしかリングを集められてないや」

大会の参加者が何人かわからないけど、この調子ではリングを持った参加者はまだたくさんいるだろう。

ちなみに、倒した人数はたったの四人。そのうち、一人がリングを二つ所有していたので、最初に自分が持っていたのを除いて五つ手に入れたことになる。

「と、なにしているんだろ？」

ふと、見ると広場に人だかりができていた。

熱狂的な催しをしているようで、見ている人たちは皆興奮している。

ここからじゃあ、なにをしているのか全くわからない。

僕の背が小さいせいなんだろう。群集が邪魔で、ジャンプしても前の様子が見えそうにない。

なんとか見ようと、僕は群集の中に「すみません」と言いながら割って入り、できる限り前へと行こうとする。

「ぎゃひゃひゃひゃひゃ!!　はぁ、戦うってサイコー!　ねぇーねぇー、次は誰がこのオレ様と戦ってくれるんだぁー!!」

群集の中にいたのは、舌を出して笑う冒険者だった。男まさりの口調のため勘違いしそうになるが女性である。モーニングスターという棘(とげ)のついた鉄球に鎖がついた変わった武器を振り回していた。

どうやら、ここでも〈名もなきクラン〉のリーダーを決めるための大会を行っているようだ。

その証拠にモーニングスターを振り回す女の周りには、血を出して倒れている冒険者が何人もいる。

「おいおい、ビビっちまったのかぁ!　さぁ、早く次の戦いをしようぜぇー!」

モーニングスターを持った女はそう言って、群集を煽っていた。

僕はこの女を知っている。

ハビニールという名で、あまりにも素行不良なことで有名。何度もメンバーと問題を起こしてはパーティーを脱退させられている問題児。

しかし、実力は他の冒険者に比べて抜きん出ているという噂だ。そのため、〈名もなきクラン〉のリーダー筆頭候補だと見られていたはず。

『残虐のハビニール』。モンスターをいたぶりながら殺すのが趣味なことから、そういったあだ名がついた。

　彼女は間違いなくこの大会の優勝候補に違いない。

　だが、リーダーとしての素質はないだろうから、なにかの間違いで彼女がクランのリーダーになった場合、レイドモンスター相手に複数のクランが協力しあって倒すのはほぼ不可能だろう。

　ここで潰したほうがいいのは間違いない。

「あの、参加したいんですけど……」

　参加方法がわからないので、とりあえず僕はその場で手をあげて主張する。

　すると、集まっていた人たちの視線が一斉に僕のところに集まった。

「おいおい、なんで『永遠のレベル1』のアンリがここにいるんだよー！」

「ガキは家に帰ってママのおっぱいでも飲んでろ！」

「こいつ、死にたいのか？」

「おいおい、これじゃぁ、賭けが成立しねぇじゃねぇか！」

　と、皆が思い思いのことを言う。

　まぁ、僕は『永遠のレベル1』として有名なので、好き勝手言われるのは仕方がない。

「おいおい、アンリちゃんじゃねーかよ‼　参加するにはリングを持っていなきゃいけないんだぜぇ！」

　僕を見たハビニールがそう言う。

「それなら、持っているので大丈夫です」

僕は腕にはめていた六つのリングを見せながらそう言う。

「ぎひゃひゃひゃひゃ！　マジでアンリちゃん、参加者だったのかぁ！　でも、いいねぇ。オレ様、弱いもの虐めが好きだからよ。いいぜぇ、相手してやるよ」

「はい、ありがとうございます」

「でもよぉ、オレ様、加減できないからよぉ。間違って殺しちゃうかもしれないけど、それでも、いいかぁ？」

彼女はモーニングスターを握る手に力を込めながらそう言う。

今まで戦ってきた冒険者たちとは、必要以上に怪我を負わせないためにどこか遠慮しながら戦っていたが、彼女にはそんなつもりは一切ないらしい。

「いいですよ。僕も遠慮なく挑みますので」

だったら、僕も武器を使おうと、短剣を抜き取る。

「ぎひゃひゃひゃ！　いいねぇ！　身の程知らずとかサイコーかぁ！　はぁ、これからギッタンギッタンにしてやって、参加したことを後悔させてやるよぉ！」

ハビニールは観衆に向かってそう叫んだ。

すると、「うぉおおお！」と歓声が聞こえると同時、誰かが「殺せ！」と口にした。それはあっという間に、他の皆に伝播(でんぱ)していき、気がつけば「殺せ！」というコールが全員の口から響き渡るようになる。

これから起こるであろう残虐なショーが待ちきれないらしい。

「アンリちゃんよぉ、特別に一撃だけわざとくらってやってもいいぜぇ」

と、ハビニールは舐めた表情で手招きする。

彼女のレベルは恐らく70近いはず。僕なんて、50レベルにやっと届いたばかりなんだから、相手のほうが格上には違いない。

「なら、遠慮なく」

だから、彼女の言葉をありがたく頂戴することにした。

地面を蹴って、一瞬で彼女に接近する。

「あ——？」

どうやら僕の速さを目で追うことができなかったようで、彼女は突然目の前に現れた僕に対し、唖然としていた。

それは観衆にも言えたことで、全員唖然とした表情をしていた。さっきまでの「殺せ」コールも消え失せていた。

そして、短剣で彼女の胸を斬り裂く。

だけど、彼女にはレイドバトルで活躍してもらわないと困るから、重傷にはせず傷を浅くするよう心がけておくことを忘れない。

「今度はそっちが攻撃していいですよ」

一度彼女から距離をとり、今度は僕のほうが手招きをする。

こんなに多くの人に見てもらえるいい機会なんだ。ここで圧倒的な勝利を見せつければ、『永遠のレベル1』のあだ名を撤回できるに違いない。

そうすれば、クランのリーダーに就任するさいに、皆の納得を得られやすい。

「おいおいおい、ふざけてんのかぁ！」

怒り狂ったハビニールがモーニングスターを僕に勢いよく投げつける。

だが、遅すぎる。

これなら容易に避けることが可能だ。

だから、僕はモーニングスターを再びかわしつつ、今度は短剣ではなく拳を使う。

これ以上、短剣を使って攻撃したら重傷を負わせるかもしれないから。

「がはぁっ！」

拳が顔を強打したせいで、彼女はうめき声をあげていた。

無事、攻撃が成功したので後ろにステップをして、距離をとっては、

「もう一度、そっちから攻撃していいですよ」

「ふ、ふふふぶざけぇんじゃねぇ！　クソガキが調子のるんじゃねぇぞ!!　ぶち殺してやる!!」

それからの戦いは、終始一方的だった。

僕は短剣を使うのをやめ、ハビニールに近づいては彼女の顔を強打する。それが終わったら、再び彼女から距離をとり、彼女に攻撃のチャンスを与える。

当然、僕にモーニングスターが当たることはない。華麗に躱しつつ、近づいた瞬間、再び彼女の顔を強打しては、また離れる。

そういった行為を僕は何度も繰り返していった。

「ま、まいりまじだ……っ」

顔を真っ赤に腫らしたハビニールがとうとう音を上げて後ろに倒れる。

「ふぅ」

と、僕は安堵しつつ、彼女のリングを全て奪う。

「それで、次は誰が僕に挑戦しますか？」

観衆に向かって、僕はそう口にした。

「お、おい……これはどういうことだ……？」

「な、なにが起きてやがる？」

「なんでアンリが勝てたんだよ……？」

「ハビニールのやつ連戦で体力を消耗しすぎたか？」

彼らは困惑の色に染まっていた。

よっぽど僕が勝てたことが信じられないらしい。

「俺に任せろ……っ！」

ふと、群集の中から飛び出す者がいた。

「調子に乗ったガキは俺がこの手で潰してやる」

そう言ったのは斧(おの)を持った肩幅が大きく背が低い男だ。

どうやら、次は彼が僕と戦ってくれるらしい。

「それじゃ、始めましょうか」

　そう言って、僕は地面を蹴る。


「まげまじだ……」

　と言って、斧使いの男は倒れる。

　相手があまりにも弱すぎたせいで、瞬殺だった。

「おい、アンリが二連勝ってどういうことだよ」

「な、なにが起きてやがる……」

「ぐ、偶然勝っただけに違いねぇ」

　観衆たちはまだ僕の強さに疑問を持っているらしい。

「それじゃ、次戦いたい人は前に出てきてください」

　僕がそう言うと、

「おい、今度は俺と戦え！」

「俺と先に戦え！」

「抜け駆けするんじゃねぇぞ！　俺が先に戦うと決めたんだよ！」

　なぜか、誰が僕と戦うかで小競り合いが起きてしまった。

「だったら、全員同時にかかってきてもいいですよ」

　何気なく僕がそう言った瞬間——

「ふ、ふざけんなぁあああ！」

「舐めるのもいい加減しろ、小僧！」

「おらぁ、全員であいつをとっちめるぞぉ！」

と、三人が怒り狂った様子で僕に襲いかかってくる。

「「「ま、まげまじた……」」」

次の瞬間には、彼らは倒れていた。

やはり瞬殺だった。

そもそもモーニングスターの使い手のハビニールより強い冒険者なんて、ほとんどいない。

恐らく、この場には彼女より強い冒険者はいないだろう。

だから、どれだけ相手をしても負ける気はしなかった。

二十九話　セセナード

「それで、次は誰が僕の相手をしてくれますか？」

群集に向かってそう言うが、今度は名乗りをあげる者が中々いない。

「おい、お前行けよ」

「お前がいけよ。ビビってんのか？　この野郎」

って感じで、誰も前に出てこなかった。

どうしようかな？　と首をかしげる。クランのリーダーになるには、全てのリングを集める必要がある。

このまま誰も相手をしてくれなかったら、埒があかない。

「おいっ、なにか不正しているんじゃねぇのか？　アンリがこんなに強いなんてありえないだろ」

ふと、誰かがそう口にした。

いやいや、不正って。証拠もないのに、そんなわけないじゃん。

「あぁ、間違いねぇ。不正じゃなきゃ、こんなのおかしい」

「もしかして、八百長だったとか」

「罠を張ってたとか、毒を盛っていたとか」

「味方が隠れて攻撃していたのかも」

「そうじゃなきゃ、アンリがこんなに勝てるわけねぇよな」

だけど、僕が不正したという憶測はあっという間に集団に伝播していく。

まいったな。そんなに僕が勝つのが信じられないのか。

これじゃ、いくら大会で優勝したとしてもリーダーとしてクランを牽引することはできない。不正の疑いがあるリーダーに導かれたいなんて誰も思わないだろう。

だから、不正疑惑を払拭するにはどうすべきか考えていた。

そして、一つの考えが思い浮かぶ。「ふぅ」と、僕は大きく息を吐いて、決意を固めていく。

そして、僕はこれから行うことを宣言した。

「今から、ここにいる全員をぶちのめすことにします!!」

あまり大きい声で言ったつもりはないが、ここにいる全員に聞こえたようで、皆が僕のほうを見て固まっていた。

「圧倒的な力を見せれば、誰も僕に文句を言えなくなるでしょ」

「おい、なにを言って――」

口を開いた男が最後まで言い終えることはなかった。なぜなら、そいつの顎を殴打したから。

「おい、どういう――うがぁッ！」

「俺はリングは持っていない――がはぁッ！」

「おい、やめてくれ――ぐはぁッ！」

リングを持っていようが持ってなかろうが関係ない。

目に入ったヤツはもれなく倒す。

その心意気で僕は次々と拳を使って、冒険者たちをぶちのめしていく。

「お、お前が強いのはわかったから……ッ」

「でも、さっき不正を疑ったよね」

と言いながら、そいつの頭に蹴りを加える。

「うぉおおお！　いい加減にしろ、クソガキィ！」

「うるさい」

中には僕に立ち向かってくる冒険者もいたが、問答無用で叩きのめしていく。

こうやって大人数を相手に戦うと、ギジェルモとその一味と戦ったことを思い出す。

あのときより人数は多いが、一人ひとりの強さは圧倒的に劣る。だから、やりやすい。

あのときと違う点といえば、僕が手加減しているってことか。

彼らには来たるレイドモンスター相手に戦ってもらわなくてはならない。だからこそ、回復薬を飲めば簡単に完治する程度の攻撃を繰り返していった。

「こんなもんかな」

僕は立ち止まって汗を手の甲で拭う。

すでに、ほとんどの者が地面に倒れていた。

流石に、これだけの人数を相手にするのは疲れた。

結局、僕はリングの所有者を何人倒すことができたんだろう。リングを持っていない者も襲いかかってきたせいで、全然把握できていない。

誰も見てないのを確認して〈アイテムボックス〉を開いて奪ったリングを収納する。これだけのリングを持ち歩くのは難しい。

さて、次はどこに行けば大会に参加している冒険者に会えるだろうか。

そんなことを思いながら歩くと一際目立つ集団に出会った。

一人の男を中心に複数人の冒険者が次々と他の冒険者たちを倒している。あまりにも圧倒的な蹂躙に、逃げ出す冒険者たちも多い。

「クハハハハハッ!!　どの冒険者も話にならないねぇ!!　この町には負け犬しかいないようだ

ぁ‼」

そう甲高い声で叫ぶのは、セセナードだった。

彼が何人もの冒険者たちをまとめているようだ。

「よぉ、アンリじゃねぇか。こんなところに一体なんの用だ？　ん？　なんだお前も大会の参加者か。だったら、ここでぶちのめしてやる！」

参加者だとわかってもらえるように奪ったリングは自分のを含めて紐で通してまとめて持ち歩いていた。

おかげで、冒険者の一人に敵意を向けられる。

「おいおい、手を出さないでくれよ。そいつは僕の獲物だ」

戦いになるならば、と体勢を整えた途端、横から口を出される。

「セセナードさん、なるほど、これは失礼しました」

そう言って、僕に敵意を向けた冒険者があっさりと引いた。どうやら彼はセセナードの手下だったらしい。

「やぁー、アンリくん！　君のことを捜していたんだよぉおおお‼」

セセナードはねっとりとした声色で僕のことを呼んだ。

「僕も捜していました」

セセナードだけはクランのリーダーにしてはいけない。そう思っていたからこそ、彼を捜していた。

「クハハハッ、随分と好戦的だね。あのとき、僕になにもできず、ただやられていたアンリくんと同じ人間とは思えないな」

あのときというのは、僕が初めてダンジョンに行き、セセナードにいいようにされたときのことだろう。嫌な思い出だ。

「もう、あのときの僕とは違います」

「クハッ、これは教育し直す必要がありそうだ。君は永遠に負け犬だってことを教えてやる」

そう言って、セセナードは剣を鞘（さや）から取り出す。

「お前ら、手を出すなよ」

周囲にいた部下たちに命じた。

僕も短剣を構える。

証明するんだ。もう、僕は弱くないってことを。

僕の敏捷なら一瞬で接敵して、短剣を振るうことができる。だから、一瞬で近づいて斬ってしまおうと考えた。

あれ？　動けない。

いくら、体を動かそうとするも鎖にでも繋がれたかのように動くことができない。

「クハハハッ、ようやっと気がついたみたいだね。アンリくん、君の強さの秘密がその高い敏捷なのはとっくにわかっているんだよぉ‼　だから、封じさせてもらった」

「な、なにをした……?」

「いいねぇ、教えてあげるよ。〈影刺しの剣〉、対象の影を刺すことで、その者を動けなくする。どうだ、すごいだろ!!　この剣はとっても珍しい武器なんだ!」

セセナードは甲高い声が笑う。

確かに、セセナードはドクロが施された不気味な剣を地面に突き刺していた。ちょうど、そこには僕の影がある。

どうしよう……。

僕の唯一の長所である敏捷を封じられてしまった。

「さて、それじゃあ始めようか、一方的に君をボコボコに殴ってあげるね」

そう言って、セセナードはゆっくりと歩きながら僕に近づく。そして地面に突き刺した〈影刺しの剣〉とは別の剣を鞘から取り出して振り下ろす。

とっさに僕は短剣で受け止める。

「どうした!　どうした!　こんなんでよく僕に刃向かうことができたな!」

セセナードは叫びながら何度も何度も剣を振り下ろす。それを短剣で受け止めるたびに、手が痺れて体力が削られていく。

このままだとじり貧だ。

セセナードは剣を振るうのと同時に、膝を上げて僕の顔面に叩き込む。

「ガハッ」

もろに直撃してしまった僕はうめいてしまう。

それと同時、僕は短剣をあろうことか落としてしまった。

「クハハハッ、勝負あったようだな‼」

セセナードは高笑いする。

そして、僕の顔面に何度もパンチを繰り出す。

「セセナードのアニキ、アンリをやっちまえー‼」

そんな中、僕は初めてダンジョンに行ってセセナードに殴られ続けたときのことを思い出していた。あのときの僕は抵抗する術（すべ）がなく、ただ殴られるのに耐えるしかなかった。

今も敏捷を封じられて、セセナードに好きなように殴られ続けている。状況が似てる。

けど、一つだけあのときと違っている。

まだ僕には隠している武器がある。

「〈水の弾丸（アクア・バレ）〉」

そう詠唱して、水の塊をセセナードの顔にぶつける。

「な、なんだ、これ！」

〈水の弾丸（アクア・バレ）〉を当ててもダメージを与えることはできない。けど、ダメージを当てるのが目的ではなく、セセナードを一瞬でも怯ませるのが本当の目的。

そして、セセナードは突然のことに驚いて混乱していた。

この隙を無駄にしない！

「〈石の礫（グレイバ）〉」

詠唱すると共に手のひらから、石の塊が飛び出る。

この〈石の礫（グレイバ）〉も大したダメージを与えることはできない。

それでも――

「〈影刺しの剣〉をどかすなら、これでも十分だよね」

そう、僕は〈石の礫（グレイバ）〉で地面に突き刺さっていた〈影刺しの剣〉を倒したのだ。

「よしっ、これで動ける」

〈影刺しの剣〉による封印が解けたことを確認する。

「アンリが魔法を使っただと……」

「ま、マジか……」

群衆が驚きの声をあげていた。魔法を使う冒険者は珍しいため、驚くのも無理ない。

「こ、こしゃくな真似をしやがってぇえええええ!!」

セセナードが怒りの表情を浮かべながら、僕に襲いかかってきた。その手には短剣が握られている。どうやら〈影刺しの剣〉とは別に武器を隠し持っていたようだ。

セセナードは三大巨頭の候補と自称するだけあって、戦闘能力はガラボゾの町でも上から数えたほうが早いだろう。セセナードの踏み込みは力強く、動きは俊敏だ。レベル一のときの僕だったら、相手にならなかっただろう。けど、今の僕はあのときの自分とは違うんだ。

セセナードは何度も短剣を振るってくるが、正直まったく怖くなかった。

セセナードの攻撃を避けるのは、あまりにも簡単だったからだ。

「くそぉおおお!!」

真っ正面から戦っても勝てないと悟ったのか、セセナードは再び〈影刺しの剣〉を取りに走り出す。

「これは僕が預からせてもらうよ」

けど、僕の敏捷なら彼より先に、〈影刺しの剣〉を奪うことが可能だ。

「お前ら、アンリを殺せぇええ!!」

セセナードが絶叫した。自分一人の実力では僕には勝てないと悟ったのだろう。

「けどよ、手を出すなってアニキが」

「あ、あぁ」

部下たちはそう言って戸惑う。セセナードが言っていた「手を出すな」って命令を律儀に守ろうとしているらしい。

「うるさい！　僕の言うことをきけぇえええ！」

セセナードがまたもや絶叫する。

流石に、ここまで言われたら言うことを聞くしかないんだろうと思ったのか、部下たちも戦闘態勢に入る。

「クッハハハッ、いくらアンリくんといえども、これだけの人数相手なら勝てないよねぇ!!」

セセナードは勝ち誇っていた。

セセナードの部下はざっと数えて二十人はいる。流石に、これだけの人数を相手にするのはキツい。

正直、けっこう体力が限界だ。

ここまでたくさんの冒険者たちと戦ってきた。

でも、僕は決めたんだ。

どんな手を使ってでも妹を守るって。

それから、僕とセセナードたちとの戦いが始まった。

僕の高い敏捷ならどんな攻撃でも避けられるとはいえ、走れば走るほどジリジリと体力は削られていく。

「こいつ、ちょこまかと逃げやがって！」

「いい加減、諦めろ!!」

部下共の罵声を聞きながら攻撃を避け続ける。

そして、時々攻撃をして、一人ずつ堅実に倒していく。

「おい、アンリのやつ異常に強すぎねぇか」

「あんなの誰も勝てないだろ」

どうやら戦っている間に、さらに多くの見物人が集まってきたようだ。

これだけ戦えば、僕が弱いっていう風評も払拭できそうだ。

そうやって、また一人また一人と倒して、気がつけば立っているのはセセナード一人となっていた。

「あとはあなただけですね」

離れるように立っていたセセナードを見る。

もう、僕は勝ちを確信していた。

「ふざけるなぁああああ‼　クランのリーダーになるのはこの僕なのにぃいいいいい‼」

それでも、セセナードは僕のことを威嚇する。

「いい加減に、僕のことを認めたらどうですか？　僕はあなたより強い」

呆れ気味に僕はそう言う。

なんで、彼はこうも頑固なんだ。

「おかしい、おかしいおかしいおかしい！　ねぇ、教えてよぉ！　なんで、負け犬だったアンリくんが、こうも見違えるほど強くなったんだ！」

「それは……教えられない」

壁抜けのことは教えられない。

「ホント負け犬がこんなにも生意気になって。果てには、君の強さを見て、ギジェルモを殺したのはアンリくんじゃないかって噂している人もいましたよぉ！　僕はバカなことは言うなと言ってやりましたが」

「ギジェルモを殺したのは僕じゃない」

実際に、ギジェルモを殺したのは僕ではなく名称未定だ。

「だよねぇ！　負け犬のアンリくんが主人に逆らうなんてできるはずないですよねぇ！」

「僕は負け犬じゃない！」

反射的に僕はそう叫ぶ。むきになってしまった。

「いえ、アンリくん、君は負け犬なんですよ。ちょっと強くなって有頂天かもしれませんけど、君は誰かに永遠に虐げられることが決まってる真の負け犬なんです。そのことを僕の手によって、思い出させてやりますよぉ！」

セセナードはそう言って、剣を向ける。

気に入らない。

だって、どう見ても僕の勝ちなのに、彼はそれを認めないんだ。

「なんで、そうまでして僕をバカにするんだ」

そう尋ねると、セセナードは小首を傾げている。まさか、理由を考えているのだろうか。

「この町は弱肉強食です。弱い者は淘汰(とうた)される運命にある。だから、僕は弱い冒険者を見つけたら、そのことを真っ先に教えてやるんですよ!!　ダンジョンの奥地に連れて行って、数発殴ればそいつは諦めて冒険者から足を洗う。なのに、君だけは違った！　あの日、君は一人の力でダンジョンから脱出したぁ!!　その後も、ギジェルモに散々虐められたのに、君は何度だって立ち上がった!!　あぁ……君を見ているとイライラが止まらないんですよぉ!!」

「えっと……」

セセナードの言葉に違和感を覚える。

セセナードは初心者虐めと呼ばれている。

だって、セセナードは初心者をダンジョンに連れて行っては気絶させるほど殴って、放置することで有名だからだ。僕も初めて冒険者になったとき、同じ目にあった。

「もしかして、セセナードさんが初心者を虐めるのは冒険者から足を洗わせるため、わざとやっている？」

「そんなわけないでしょうが‼」

セセナードは間髪容れず否定する。

「あぁ、そうだぜ、坊主」

ふと、僕たちの会話を聞いていたらしい冒険者が口を挟んだ。彼は僕にやられたセセナードの部下の一人だったはず。

「セセナードさんが初心者を虐めるのは、才能のないやつに冒険者を諦めさせるためだ。あの日、お前を置いていったときも俺たちは陰でお前のことをずっと見守っていた。もちろん、ピンチになったら助けるためさ」

「そ、そうだったんだ……」

「あぁ、だから俺たちはセセナードさんがクランのボスになるよう協力してんだよぉ！」

そう言うと、セセナードの周りにいた手下たちは雄叫びをあげる。彼らはセセナードを心の底から慕っているんだ。

「あのとき、僕の妹を襲ったのは？」

「妹を攫うことで、お前が冒険者に向いていないってことを教えるためだ。まぁ、どうやら余計なお世話だったようだが」

そう言って、男は頰をポリポリとかく。

いまだにちょっと信じられない。

だって、セセナードは純粋な悪党だと思っていた。それが、実は人のために悪党を演じていたと？

まぁ、セセナードには気絶するまで殴られたわけだし、彼が本当の善人ってわけではないんだろうけど。ただ、虐めるのが好きなだけってわけでもなさそうだ。

「アンリくん、よく聞きなさい」

ふと、セセナードが口を開く。

一体なにを言うつもりか、固唾を吞んで見守った。

「こいつの言ったことは全部嘘です!!　僕は純粋に初心者を虐めるのが楽しいから、しているだけですよぉ!!　決してクランのリーダーになって、お前らのために働こうとは思ってはいません!!」

ええ……。本人がこうも否定すると、やっぱり嘘なんじゃないかって気がしてくる。

すると、セセナードの手下たちは「やれやれ」と呆れた様子で首を横に振った。どうやらいつものことらしい。

「そうか。けど、クランのリーダーになるのは僕だ」

「クハハハハハッッ!!　バカも休み休み言いなさい。たとえ、僕を倒せたとしても、他の冒険者が君のことを襲う」

「たとえそうだとしても、僕は勝つ」

「……なぜです。なぜ、君は何度も立ち上がるんだ！」

そんなの即答できる。僕が戦う理由は一つだ。

「僕には妹がいる」

「僕にだって、娘がいるわぁああああああ!!」

そう言って、セセナードが突撃してきた。

娘がいることが予想外で、心の中で嘘でしょっ！　って思ってしまった。

けれど、同時に納得した。彼が必死なのは娘がいるからなんだ。

だったら、余計に負けるわけにはいかない。

妹を思うこの気持ちは誰にも負けないと確信しているから。

だから、僕も全力でセセナードに挑んだ。


「どうやら、僕の負けのようだ……」

目の前には倒れた状態のセセナードがいた。

すでにセセナードは満身創痍だったため、倒すのにそう時間はかからなかった。

「未だに信じられませんね。あの君がここまで強くなるなんて」

セセナードは感慨深そうな様子で口にする。

「ようやっと、僕のことを認めてくれましたね」

「あぁ、君なら本当にクランのリーダーとして皆を引っ張れるかもしれない。この後の戦いも応援していますよ」

そう言って、セセナードは気絶するように眠った。

僕は彼に勝利を収めたようだ。

「うっ」

ふと、ふらつきを覚えた。

正直、体力が限界だ。

これ以上戦うだけの力が残っていない。

とはいえ、一番の難敵だったセセナードを倒すことができたので、恐らくこのまま優勝できるはずだ。

そう思いながら、他の参加者を探しに歩いた。

「ほう、まだ残っている参加者がいたか」

大きな声が響き渡る。

見ると、僕の倍以上背が高く筋骨隆々なうえ、その背丈より大きな剣を持っている男がいた。左手にはたくさんのリングを持っており、多数の冒険者をリタイアに追い込んだことがわかる。

「まさか、あなたが参加しているとは……」

思わず僕はそう口にする。

目の前の男はガラボゾの町では有名な冒険者だ。

曰く、群れることを嫌い、必ずソロでダンジョンの攻略をする。その上、ガラボゾの町にあるダンジョンは、最難関のC級を除き、全てソロで攻略を果たしたらしい。

リーダーを務めていたギジェルモよりも強いと噂されていたが、前述の一匹狼気質と権力に興味がなかったがために、決して表に出てくることはなかった。

だから、このクランのリーダーを決める大会にも興味がないと思っていたけど。

どうやら休ませてはもらえないようだ。

「もちろん、いいですよ、セフィルさん」

「ほう、俺の名前を知っていてくれたか」

「そりゃ、知っていますよ。だって、あなたは『攻撃力最強の男』ですから」

『攻撃力最強の男』。まさに、彼を表現するのに最も適した言葉に違いない。大剣から発せられる攻撃の威力があまりにも高いことは有名だ。

「てっきり、セフィルさんはこういうのに興味がないんだと思っていましたが」

「ん？　なんでそう思ったんだ？」

「だって、あなたはギジェルモよりも強いと噂されていたのに、皆の上に立たなかったじゃないですか」

「あぁ、俺は強くなることにしか興味がないからな。だから、ここに来た」

「そうですか、だったら僕と一緒ですね」

「かっかっかっ、確かに、そうみたいだな」

そう言って、男は不敵な笑みを浮かべる。

彼も僕と目的は一緒。どちらもレイドモンスターを討伐した際に得られる、報酬が目的のようだ。

貢献度が高いほど豪華な報酬が得られるなら、クランのリーダーになるのが一番確実。

この勝負に勝った者がクランのリーダーだ。

三十話　新しいリーダー

「セフィルの兄貴、アンリをやってしまぇええええ！」

「アンリを殺せぇええええええ!!」

「あのガキをぶちのめせぇええええ!!」

僕とセフィルさんを囲うように群集が集まっていた。僕が倒した冒険者たちや僕が強いことが気に入らない冒険者たちが多いようで、聞こえてくる声は僕に対する、罵詈雑言（ばりぞうごん）ばかりだった。

「さっき聞いたのだが、お前は『永遠のレベル１』のアンリなんだってな」

「ええ、そうです」

「だが、さっきの戦いぶりはレベル１ではあり得ない。今のレベルはなんぼなんだ？」

「最近、レベル50になったばかりです」

「ほう、その歳でレベル50か。すごいな、格上のモンスターばかりを倒した証拠だ」

「ええ、そうかもしれません」

「だが、悪いな。俺はレベルがあと少しで100だ。お前の勝てる相手ではないとわかっただろ」

「それはやってみないとわからないと思います」

「かはっ、なるほど、ならば、お互い死ぬ気でやろうじゃないか」

そう言って、セフィルさんは持っていた大剣を強く握る。

遠慮なく武器を使って、僕を倒すつもりらしい。

ならば、と僕も短剣を鞘から引き抜く。

そして、数秒見つめ合った。

この場に、戦いの始めを教えてくれる審判なんていない。

だが、お互いに、いつ戦いを始めても問題ないことが呼吸から感じ取れる。

だから、僕は地面を蹴った。

「〈岩撃波(がんげきは)〉!!」

セフィルさんがスキル名を叫びながら、大剣を地面に叩きつける。

すると、地割れを生みながら衝撃波が襲いかかってくる。

「――嘘でしょ」

目の前の出来事に驚愕する。

基本、大剣使いは遠距離攻撃ができないのが世間の常識だ。だというのに、衝撃波をもって遠距離から攻撃してくるなんて。

「〈回避〉」

僕は間一髪、スキルを使って衝撃から逃れる。

「ほう、これを避けるか」

感心したようにセフィルさんは頷いていた。

「なら、これはどうだ？」

そう言って、セフィルさんは構えの姿勢をとる。

横方向に大剣をなぎ払うつもりだ。

「〈初月波〉!!」

今度は横に長い衝撃波だ。

恐らく受けたら、ひとたまりもないのは明白。

「〈回避〉」

だから、すかさずスキルを使用する。しかし、今度はただ攻撃を避けるだけではない。攻撃を避けながら、前へ飛びかかる。セフィルさん相手に距離をとり続けながら戦うのは不利だと判断したのだ。

スピードなら、誰にも負ける気はしない。

だから、一瞬で短剣の届く範囲まで潜り込むことに成功する。

「ずいぶんと速いな」

「――ッ！」

セフィルさんが僕のことを見ていた。

今までは、僕の速さを目で追うことすらできない相手ばかりだったのに、彼は違うようだ。

だが、見えたからといってこの攻撃を避けられるはずがない。

「え――ッ⁉」

僕は呆然としていた。

遠慮なく、短剣を彼の体に突き刺した。

それも彼は鎧をつけていたので、わざわざ鎧の隙間を狙ったうえで突き刺したのだ。だというのに、彼の体は短剣を容易に弾いたのだ。

思い出す。攻撃力が低すぎて、モンスター相手に傷を負わせられなかったときのことを。

あれから僕の攻撃力は成長したというのに、この男に傷を負わせることはできないということか。

「ガハッ」

気がつけば、僕は肘打ちをくらっていた。

簡単に僕の体は背後に吹き飛び、地面に衝突してゴロゴロと転がっていく。

僕が吹き飛ばされたのを見て、観客たちは歓声をあげていた。

「うぉおおおおお！　セフィルの兄貴、そのままやっちまぇえええ‼」

「アンリの野郎、そのまま死んじまぇええええ‼」

といった感じの歓声だ。

「なるほど、敏捷には目を見張るものがあるが、攻撃力は並以下のようだな。それでは、俺の耐久力を破ることはできないぞ」

勝ちを確信したとばかりに、彼はそう呟いていた。

「ほう、だというのに、まだ戦う気か」

立ち上がった僕を見て、セフィルさんはそう言った。

この男は知らないに違いない。

僕が今まで、何度も自分の攻撃が全く効かない敵に遭遇してきたことを。

それでも僕はこうして生きている。

だから、こんな出来事は絶望するには全く値しない。

「おもしろいっ、だったら、とことん相手してやる」

セフィルさんは満面の笑みを浮かべながら、構えをとる。

殺すつもりで戦おう。

僕はそう決める。それほどの覚悟で戦わないとこの人には勝つことができない。

「〈初月波(ういづきは)〉!!」

再び、彼による横方向の衝撃波が襲いかかってくる。

それを見て、僕はかすかに笑みを浮かべた。

一度でもこの目で見た攻撃が僕に当たるはずがないだろ。

これなら〈回避〉を使わなくても、避けるのは容易い。

「〈回避〉」

だが、あえて〈回避〉を使うことにする。〈回避〉を使用することで発生する加速を利用して、一瞬で懐に入ってしまおうと判断したのだ。

「〈必絶（ひつぜつ）ノ剣（つるぎ）〉」

そして、さっきは殺してしまうかもしれないと思い、使わなかったスキルを発動させる。セフィルさんなら、このスキルを使っても死ぬことはないだろうから。

このスキルはどんな耐久力を持った相手でも問答無用でダメージを与えることができる。

だから、僕は勝利を確信した。

「やはり速いなッ！」

セフィルさんがそう言うってことは、僕のスピードを目で追うことができている証拠だ。

だが、この距離からの攻撃を避けられるはずがない。

――あれ？

想像とは違う感触に疑問を覚える。

短剣が手甲で防がれている。

僕の攻撃から逃れられないと判断したセフィルさんは咄嗟（とっさ）の判断で手甲を使って身を守ることを選択したようだった。

スキル〈必絶（ひつぜつ）ノ剣（つるぎ）〉のおかげで、手甲を斬り裂くことには成功しているが、体に傷を負わせることができたかというと、そういうわけではなかった。

「〈回避〉」

この距離なら、大剣で攻撃するより速いと判断したセフィルさんが僕に対し、拳で殴りかかろうとしていたのを〈回避〉を使って逃れる。

一度、セフィルさんから離れて体勢を整える。

すかさず、次の攻撃をしなきゃ。

そう思って、地面を蹴ろうとした。

あれ――――？

突然、視界がぼやけたのだ。

知らないスキルでも使われたかと思うが、違う。単純に、僕の体力が限界を迎えてしまったらしい。

思い返せば、セセナードを倒したときにはすでに体力は限界だった。

それでもなんとかここまで戦ってきたが、体がついに悲鳴をあげたようだ。

「随分と疲れているみたいだな。降参してもいいんだぜ」

セフィルさんの声が聞こえる。

「そう言って、本当に僕が降参すると思っているんですか？」

「ははっ、これは一本とられたな」

セフィルさんが笑いながら、大剣を僕に向ける。

「小僧、来いよ。全力で向かい合ってやる」

「わかりました!!」

そう返事をして、僕は地面を蹴った。

地面を蹴る度に、ミシリと足の骨が軋む音が聞こえる。それでも、全力で足を動かし、前に進む。殴られていないのに鼻血が出てくる。頭はさっきから常に靄がかかっているかのように正常に働かない。

それでも気合いで、突撃する。

「うおぉおおおおおおおおおおッッッ!!」

気がつけば、僕は雄叫びをあげていた。

「おぉおおおおおおおおおおおおおッッッ!!」

呼応するようにセフィルさんも雄叫びをあげる。

「〈岩撃波〉!!」

セフィルさんが地面を叩き割る。幾重もの地割れが襲いかかってくる。

それを反射的に避け続ける。

「これでどうだッッ!!」

セフィルさんが真上から大剣を振り下ろそうとしていた。

大丈夫、攻撃が見えているなら避けることができる。

「〈回避〉」

そして、上空に躍り出て――

「〈必絶ノ剣〉」

僕は短剣を構える。

狙うは首。

首にはなんら防具をつけていない。ここを掻っ切りさえすれば、この一撃だけで勝利を得られる――。

あ、待てよ。

首を斬ったら流石に彼でも死んでしまう。

レイドモンスターとこれから戦うんだった。そのためには彼の戦力は必要不可欠だ。

疲労のせいで正常な判断ができなくなっていた。

咄嗟の判断で、刃の向きを変える。

刃で突き刺していたのは胸につけていた鎧だった。スキルのおかげで鎧を途中まで斬り裂くことはできたが、やはり肉体にダメージを負わせることは敵わない。

まずいっ、大きな隙を作ってしまった。

鎧に刺さった短剣を引き抜きながらそんなことを思う。

次の攻撃を避けないと――

「〈回避〉」

あれ？　発動しない。

あぁ、そうか。どうやら僕のＭＰはもう空っぽのようだ。

「グハッ」

セフィルさんの拳が腹に叩き込まれていた。

さっきの肘打ちと違い、今度は全力の拳で殴られていた。

僕の体はあっけなく後方に吹き飛ばされて、地面を転がっていく。

「うっ」

なんとか立ち上がろうとするが、体が動かなかった。

どうやら僕はもう限界のようだ。

「勝負はついたな」

だから、あっけなくセフィルさんに近づかれて大剣の切っ先を首に当てられた。

確かに、勝負はついた。

僕の負けだ。

僕の負けを確信した観客たちは喜びの声をあげていた。

そんな中、セフィルさんが口にした。

「俺の負けだな」

と。

「えっ……」

「お前、俺の首を刈ろうと思えば刈ることができただろ」

どうやら直前で、僕が短剣で斬ろうとした位置を変えたことに気がついていたらしい。流石と言うべきだろうか。

「なんで、そんなことをした？」

「殺してしまうと思ったから」

僕が理由を述べると、セフィルさんは大口を開けて笑い出す。

そして、

「やはり、俺の負けだ」

再度、同じことを述べる。どうやら、自分の負けを認めてくれたらしい。正直、勝った気分にはなれないけど、これでクランのリーダーになれるならよかった。

「だが、リングはもらっていく」

「――え？」

「悪いな。俺は強くなるのに、貪欲なんだ」

そう言いながら、セフィルさんは紐でまとめていたすべてのリングを強引に奪っていく。

「えっ、ちょ、ちょっと待って……」

僕はリングを取り返そうと思うが、体を動かすことができないんだった。

そして、リングを奪ったセフィルさんは手を高く掲げガッツポーズをする。

「新しいリーダーの誕生だぁあああ！」

誰かがそう口にすると、皆がセフィルさんの元に「うぉおおお」と歓声をあげながら集まってくる。

どうやら僕はリーダーになることができなかったらしい。

エピローグ

新しいリーダーの誕生と共に、大きな酒場でクランによる飲み会が始まった。

今まで通りのルールだと、リーダーの名前を冠して〈セフィルのクラン〉と呼ぶことになるが、それはセフィルさんが断った。

というのも、セフィルさんはこの町の最難関ダンジョンを攻略し終えたら、町から出ていくつもりらしい。そのときには、クランのリーダーも退任するつもりでいるため、そんな心づもりなのに自分の名前をつけられないということだった。

ということで、クランは引き続き〈名もなきクラン〉と呼ばれることになった。

まぁ、クランといっても組織として活動している実態なんてほぼなかったし、レイドモンスターが現れるから、急遽(きゅうきょ)クランとしてまとまろうとなっただけなので、〈名もなきクラン〉という呼称は実態を表していて意外といいのかもしれない。

「ぎゃははははっ、アンリ！　リーダーに負けて残念だったな。ぎゃはははははっ!!」

飲み会に参加していたら、ふとある冒険者に煽(あお)られる。

見ると、僕が直接ぶちのめした冒険者の一人だ。よっぽど、僕がセフィルさんに負けたことが嬉(うれ)しかったらしい。

ちなみに、こうして僕を煽ってくる冒険者は一人だけじゃなかった。何人もの冒険者が僕と顔を合わせるたびに、こんな風に煽ってくるのだ。

「喧嘩（けんか）なら買いますけど」

セフィルさんに叩（たた）きのめされた僕だが、すでに回復薬で戦える状態まで回復している。

喧嘩しようっていうなら戦えないことはない。

「う、うるせぇ！　今は調子悪いから、お前の相手なんてできねぇんだよ！」

そう言いながら、冒険者は逃げるように離れていく。

セフィルさんと戦ったおかげで、僕の強さは十分伝わったらしく、僕に立ち向かおうとしてくるものは一人もいないようだ。

「あの、セフィルさん」

隣で大酒を飲んでいるセフィルさんに話しかける。

「おっ、なんだ？」

「なんで負けたと認めたのに、僕からリングを奪ったんですか？」

どうしてもそのことが不満で、僕は文句を口にする。

「ふむっ、よくよく考えてみたら仮に首を斬られたとしても俺なら気合いでお前をぶちのめすことができた」

「んな馬鹿なこと言わないでください」

「だったら、ここで試してみるか？」

そう言って、セフィルさんは不敵な笑みを浮かべる。

恐らく冗談だと思うが、僕が真に受けて「やります」なんて言ったら、どう返すつもりなのだろうか。

まぁ、セフィルさんなら本気で言っている可能性もわずかにありそうだが。

「お断りさせていただきます。それに僕自身、あの勝負はあなたの勝ちだと思っていますので、あなたがリーダーをやることに関して不満はないですし」

仮に、あれだけ僕が盛大に負けた様子を他の冒険者たちに見せつけたうえで、僕がリーダーになることになったら、誰も賛同しないだろう。

そう考えると、やっぱりセフィルさんがリーダーをするべきに違いなかった。

「アンリには副リーダーの地位をやる」

「ありがとうございます」

まぁ、副リーダーになれるだけでもレイドバトルでは十分貢献できるだろうし、ありがたいことには違いない。

「せいぜい、レイドモンスターを頑張って倒すことだな。俺たちは仲間でもあるがライバルでもある。どちらが、貢献度で上回れるか勝負しようじゃないか」

「わかりました。お互いがんばりましょう」

そう言って、僕は立ち上がる。

「もう帰るのか？」

「家で妹が一人で待っていますので」

僕は飲み会を途中で抜けて家に帰った。

◆

「レイドモンスターが出現したら、非戦闘員は頑丈な建物に避難することになっている。だから、お前もちゃんと避難しろよ」

僕は夕飯を食べながら、名称未定にそのことを伝えていた。

「はぁ～い、わかりましたぁ」

と、理解しているのか不安になるような、ふざけた返事をする。まぁ、伝わっていることを信じるしかないのだけど。

「人間、お前はどうするんですかぁ？」

「僕はもちろんレイドモンスターと戦うよ」

「……そうなんですね」

名称未定が意味深な表情で頷（うなず）いているように見えた。

自分もレイドモンスターだから、僕が同族と戦おうとしていることを内心嫌がっているのかもしれない。

「もしかして、僕がレイドモンスターと戦うことが嫌だったりする？」

「いえ、別に好きにしたらいいと思いますよ」

笑顔でそう返す名称未定を見て、どうやら嫌なわけではないようだと判断する。

んー、やっぱり彼女がなにを考えているのか、僕にはよくわからない。

「そういえば、エレレートはどうしているの？」

勇気を出して、妹のことを聞いてみることにした。

名称未定にとって、妹のことを聞かれるのは嫌なことかもしれないと思っているせいで、実はあまり聞けないでいる。

「元気にしていますよ。名称未定ちゃんの中で」

そっけなく彼女はそう口にする。

「それは、よかった」

妹が元気にしていると聞けてひとまず安心する。

名称未定の中で元気にしているってことが、具体的にどういうことなのか、僕にはよく理解できないけど。

◆

まだ、レイドモンスターの戦いまで約二週間ある。それまでに万全な状態で挑めるよう調子を整えないとな。

僕は密かにそんな決意をしていた。

夜。

アンリがすでに寝静まっている中。

名称未定は窓から空に浮かぶ星を眺めていた。

「きひっ、レイドバトル実に楽しみですねぇ」

まだ見ぬレイドモンスターに思いを馳せる。

彼、もしくは彼女は名称未定と同時期に創られた存在だ。その過程で、彼、もしくは彼女は採用され、名称未定は没にされてしまったが。

だから、彼、もしくは彼女は名称未定にとって双子の弟、もしくは妹のような存在だ。

「きひっ、あいつにこの町の冒険者が勝てるとは到底思えませんね」

遠くない未来のことを予想して、名称未定は満足そうに笑っていた。

第二巻　―完―

書き下ろし　オーロイアの日常

オーロイア・シュミケットの朝は早い。

メイドが起こしに来るよりも前に彼女はベッドから体を起こす。それから顔を洗い、髪を整え、冒険者の衣装を身につける。

「オーロイア様、朝ご飯はどうされますか？」

すると、屋敷で働いているメイドが尋ねてきた。

「そうね、いただくことにするわ」

そう返事して、朝食が用意されている部屋まで向かった。

すると、そこには見知った顔がすでにテーブルについて朝食を食べていた。

「おはよう、パパ」

目の前にいたのは彼女の父親であり、シュミケット家の領主であった。彼はちょびヒゲをたくわえ、まるまるとふとった顔つきをしていた。ここからだとテーブルの陰に隠れているせいで体型まではっきりとは見えないが、彼がふくよかな体型をしているのをオーロイアはよく知っていた。

「あぁ、随分と朝早いんだな」

父親は眠たそうな顔をこちらに向けながらそう返事をする。

「えぇ、いつもこの時間に起きるわよ。それよりパパこそこんな時間に起きているなんて珍しいわね」

「どうしても行かねばならない社交界の集まりがあるからな。朝早くに出発しなければ間に合わないんだよ」

そういうことかと、オーロイアは納得する。

父親はだらしないからか、普段は昼過ぎまで寝ている。起きてもやることといえば、馬に乗って狩猟をするぐらいで仕事をしているところを見たことがない。

だから、そんな父親がこんな朝早くに起きているのが不思議だったが、社交界と聞いてなるほど、と思った。こういうことに関しては積極的なのだ。

「お前はまた町に行くのか？」

椅子に座って朝食を食べ始めると父親が尋ねてきた。

町というのは、ガラボゾの町の中心街のことだ。ちなみに、シュミケット家の屋敷は町から離れた山の中腹にあるので、町に行くにはわざわざ馬車を手配してもらう必要があった。

「そうよ」

オーロイアはあっさりとした口調でそう答える。

「……そうか」

渋々といった様子だった。

「反対しないんだ」

思わずオーロイアはそんなことを口にしてしまう。昔、散々ガラボゾの町に行って冒険者稼業をすることを反対されてきたから。

「今更反対しても、言うこと聞かないだろ」

どうやらもう諦められているらしい。

確かに、父親の言うことを聞くつもりなんてないのでその判断は賢明だと思えた。

「じゃあ、行ってくる」

朝食を済ませたオーロイアはそう口にして、席を立った。

父親が「あぁ」と気の抜けた返事をしたが、わざわざ振り返ることはなくそのまま部屋を出ていった。

オーロイアは父親と特段不仲ではないが、仲が良いとは決して言えない。お互い期待していない関係性というのが正確な表現に近い気がする。オーロイアは昔、父親になにかを求めることをやめ、全部自分でやることにしたのだ。

「あら、オーロイアじゃない」

廊下を歩いていると、また別の人物に話しかけられる。

「……お母様、おはようございます」

面倒な人に出会ってしまったと思いつつ、挨拶をする。同じ屋敷に住んでいるはずなのに、久々に会った気がする。

母親は濃いめの化粧を顔中に塗りたくり、目立つ紫色のドレスを身につけていた。この様子だと、父親の行く社交界の場に同行するようだ。

「そんなみすぼらしい格好をして、またダンジョンへ行く気？」

みすぼらしいというのは、この冒険者の服装のことだろう。

「はい、そうです」

オーロイアは母親を相手にしてかしこまった様子で返事をした。母親といっても血は繋がってはいない。オーロイアを生んだ母親はとっくの昔に亡くなっている。

だからというのもあって、この母親とはどうにもそりが合わない。

「よく、あんな野蛮でゴミのような庶民共と同じ空気を吸えるわね。私ならあんなところに一秒たりともいたくないわ」

むっ、オーロイアは口を曲げる。

確かにガラボゾの町にいる冒険者は野蛮な人が多いが、いい人だっていることを知っている。そういう人まで一緒くたに否定されたみたいでなんだか気に入らない。

「そんな無駄なことに時間を費やすより、社交界で役立つような上品な振る舞いを学んだほうがいいんじゃないかしら？」

そう言って、母親はドレスを摑んではこちらを見てニヤリと笑う。

「わたしの日々の鍛錬が無駄だって言うんだ」

「当たり前でしょ。魔法なんて時代遅れよ。今時の貴族はこれで十分でしょ」

そう言って、彼女はどこからともなくあるものを取り出す。

〈魔石拳銃〉といい、魔石を搭載することで魔力を弾丸として撃ち出すことができる魔道具の一種。この〈魔石拳銃〉はダンジョン産のアイテムではなく、人の手で開発されたものだ。

魔力の生成さえできれば、魔法の鍛錬をあまり必要とせずに簡単に使用できるため貴族たちはこぞって愛用している。

魔力を生成するには〈魔力操作〉というスキルが必要だが、そのスキルを持っているのは大半が貴族だ。ガラボゾの町では魔力操作できる人は滅多にいないため、この〈魔石拳銃〉は出回っていない。

「これを使えば、あなたなんていちころよ」

そう言って、彼女は銃口をこちらに向ける。

「だったら、試してみる？」

そう言いつつ、オーロイアは内心キレていた。あんなガラクタ如きに自分の魔法が負けるはずなんてないのだから。

彼女は一瞬のうちに全身に魔力を巡らせて魔法陣を構築する。脅しも兼ねていつもより派手に魔法陣を光らせた。

「ねぇ、早く撃ちなさいよ。本当にその魔道具がわたしより優れているか試してみるんでしょ？」

挑発するように、オーロイアは自分のこめかみを指先で叩いた。

「く……っ」

動揺したのか母親は唇を噛みながらこちらを見つめていた。

「ふんっ、ただの冗談よ。真に受けるなんてバカみたいね」

そんな言葉を残して彼女は背中を向けて早足で去って行った。

確かに、彼女の言うとおり自分はバカだった。あの程度の煽りにムキになってしまうなんて自分はどうかしていた。もっと冷静さを身につけないと。

それにしても、父親も母親も領地のことなんて一切考えないで自分のことばかり。二人ともオーロイアからしたら怠惰としか思えない。

とはいえ、その気持ちがまったく理解できないわけではない。

昨今の情勢が彼らをそうさせたのだ。

もともとこの国において、ダンジョンを攻略するのは貴族の役割だった。ダンジョンにいるモンスターの体内にある魔石は貴重なエネルギー資源になるのと、モンスターを放置しておくとダンジョンの外へと溢れ出ることもあるため、貴族は率先してダンジョンを攻略する必要があった。

もちろん庶民でもダンジョンを攻略する者はいたが、そういった場合でも庶民が単独で攻略することはなく、貴族の指揮のもと行動するのが基本だった。

しかし、数十年ほど前から、そういった構造が徐々に崩れていった。

原因はダンジョンの急激な増加と戦争による貴族の減少。

この二つが重なったことで貴族のみでは、ダンジョンを管理しきれなくなってしまい、庶民が勝手にダンジョンを攻略するようになってしまった。

結果的に、庶民はダンジョン攻略によって力をつけ始め、中には貴族を無視して勝手に土地を統治する者まで現れる。

その筆頭がガラボゾの町だ。

昔、ガラボゾの町はシュミケット家が治めていたが、今はこのありさま。三大巨頭を筆頭に、ガラボゾの町は庶民の手によって管理されている。

ゆえに、どうせこのまま落ちぶれるなら怠惰なまま過ごそうという両親の気持ちは全くわからないでもなかった。

——それでもわたしはもう少しあらがうけど。

それは昔のように貴族の栄光を取り戻したいからというだけではなかった。

ただ、誰かを守れる力が欲しいから。

脳裏に思い浮かぶのは、幼いときに亡くした母親だ。母親はモンスターの手によって命を落とした。もし、あのときの自分が誰かを守れる力を持っていたら。そんなことをオーロイアは毎晩考えている。

今日も馬車を手配して、ガラボゾの町の中心部へと行く。

今度こそ、誰かを守れるような人になるために。

あと、ガラボゾの町に行けば気になる人に会えるというのも決して無視できない理由ではあるが。

あとがき

お久しぶりです。北川ニキタです。

一巻の発売からだいぶ空いてしまいました！

ようやっと二巻の発売です！

お待たせして大変申し訳ございませんでした……！

二巻にて、アンリたちの住むガラボゾの町がどんな様子なのかよくわかっていただけたのではないでしょうか。

本作品は『小説家になろう』様に投稿したｗｅｂ版をもとに書籍化させていただいたのですが、二巻はｗｅｂ版から内容がそれなりに変わったんじゃないかな、と思います。

なんせｗｅｂ版には登場していないキャラクターがいますからね。

それと、他にも色々な改稿が……。

とあるキャラクターの名前をｗｅｂ版から変えております。

ｗｅｂ版のままだと、他と名前が似ていて混乱する（主に作者が）というわけで変更させていただきました。

二巻では、アンリくんがついに魔法を覚えます。

魔法いいですよねー。アンリくんはどちらかというと剣で戦うタイプですが、個人的には魔法が大好きでして、私自身厨二病ってのもあり。

魔法の設定を考えるだけで、一日時間を潰すなんてことがよくあります。

アンリくんも魔法を覚えたというわけで、これから戦術の幅が広がるのかなーと思います。今から楽しみですね！

それと、本作品を執筆しつつ思ったのですが、この作品はやたら男キャラが多いなーと。それも、皆、一癖も二癖もある男キャラばかりという……。

んー、私自身の嗜好としては、ヒロインもたくさん登場させたいと思っているんですが、なぜこうも偏るんでしょうか。不思議です。

アンリくんはかわいいヒロインよりも個性豊かな男たちと絡ませたいと思っているんでしょうか、私は。いったいなぜ……？

さて、次巻ではついにレイドバトルが始まるのかな、と思います。

名称未定ちゃんの因縁のあるレイドバトルとガラボゾの町の冒険者たちの戦いの行方がどうなるのか？　今から楽しみにしていただけると幸いです。

では、以下には謝辞を。

まずはイラストレーターの笹目めと様。

今回もたくさんの素敵なイラストを描いていただきありがとうございました！

エレレートと名称未定ちゃんのカラーイラストが本当に素敵でした！　この二人の絡み尊すぎ！

そして、壁抜けバグといえば、コミカライズ版が欠かせません！　このあとがきの執筆時点で、なんと七巻ものコミックが発売中です！

えっ、七巻も？　まだ書籍は二巻なのに？　はい、がんばります。

コミカライズを担当していただいている畑優似（はたゆい）先生、いつもありがとうございます！　毎話更新が楽しみです！　コミックはオーロイアちゃんが本当にかわいいので、まだ読んでないよって方はぜひ手にとっていただけると幸いです！

担当編集様、いつも返信遅くなってしまい申し訳ないです。引き続きよろしくお願いします。

それと、読者の皆様。本作を手にとっていただきありがとうございます！

読者の皆様がいてこそこうして本を刊行することができました。読者の皆様に最大の感謝を。

次巻もよろしくお願いします！

北川ニキタ

Kラノベブックス

最弱な僕は〈壁抜けバグ〉で成り上がる2
～壁をすり抜けたら、初回クリア報酬を無限回収できました！～

北川ニキタ

2024年4月30日第1刷発行

発行者　　森田浩章
発行所　　株式会社 講談社
〒112-8001　東京都文京区音羽2-12-21
電　話　　出版　(03)5395-3715
販売　(03)5395-3605
業務　(03)5395-3603
デザイン　　寺田鷹樹（GROFAL）
本文データ制作　　講談社デジタル製作
印刷所　　株式会社KPSプロダクツ
製本所　　株式会社フォーネット社

KODANSHA

ISBN978-4-06-535453-7　N.D.C.913　291p　19cm
定価はカバーに表示してあります

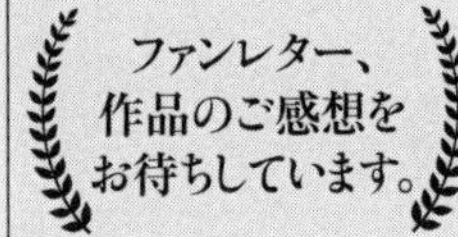

あて先
〒112-8001　東京都文京区音羽2-12-21
(株) 講談社　ライトノベル出版部 気付
「北川ニキタ先生」係
「笹目めと先生」係